Prudence und das Spiel des Lebens

Von Stanislav Koschmelsky

Blühen
und
Verwelken

Prudence und das Spiel des Lebens

Es war nur ein Traum
Ein Traum von Menschlichkeit,
von Liebe,
von Miteinander,
dem Paradies,
nur ein Traum

Vielleicht habe ich die Figur des Dr. Stuart Framingham zu gut gespielt, denn am Ende hassten sie ihn alle. (Zitat Stanislav Koschmelsky).

Ich werde oft gefragt wie denn alles so weit kommen konnte und warum ich das getan habe und ich habe nie über diese Frage nachgedacht, denn die Frage nach dem „warum" hat selten zu einer vernünftigen Antwort geführt. Natürlich habe ich später auch viele Theorien über meine Motivation in den Zeitungen gelesen, aber keiner dieser Schreiberlinge hat irgendetwas verstanden! (Stanislav Koschmelsky aus dem Untersuchungsgefängnis).

© 2022 Stanislav Koschmelsky
Herstellung und Verlag: BoD – Books on Demand, Norderstedt
ISBN: 9783756860357

Prudence und das Spiel des Lebens

August 1989

„Manchmal habe ich den Eindruck, als habe man mich auf einem fremden Planeten – am anderen Ende der Milchstraße – abgesetzt. Was ich hier soll? Ich weiß es nicht", sagt Prudence. „Momentan habe ich einfach das Gefühl mein Leben zu vergeigen!"

„Du kannst nicht dein Leben vergeigen, du kannst nur den Augenblick vergeigen", sage ich.

Prudence sieht mich mit ihren Bergseeaugen an.

Ich sage nichts und halte ihre Hand.

Es ist die Stille eines Sonntags, durchbrochen nur von einer Stimme, die zwischen den Mauern des Hinterhofes hallt. Zugeschlagene Türen und ein Motor, der ärgerlich brummend startet. Zuggeräusche am anderen Ende des Hofes. Dann wieder Stille – Sommerstille. Die träge Ruhe eines Tages, der himmelblau und brennend, schwarze Schatten auf das Pflaster zaubert.

Prudence liegt neben mir in meinem Bett. So groß, so schön, so blond. Ihre Haare – schweißverklebt – verdecken ihre Augen, während sie wieder auf mich steigt. Nur ihre kleine Nase und der Mund ragen aus dem Schleier von Haar und Duft, der ihren Körper umspielt. Sie zieht die Luft ein und stöhnt und ich verliere mich wieder in ihr, wie so oft an diesem Tag. Der leicht herbe Geruch ihres Parfüms, der immer stärker wird, die Haut heißer, bis sie strahlt wie glühender Sand. Erlösung in dumpfem Pochen und Stöhnen und Kälteschweißspuren auf den Schenkeln danach.

Ich schaue träge hinaus in den Hof und Prudence schläft. Noch immer Stille, noch immer Sonntag. Hitze und eine

Prudence und das Spiel des Lebens

Stimme zwischen den Mauern eines Hinterhofes. So habe ich mir das Leben immer vorgestellt! Ich verschränke die Hände hinter dem Kopf.
Wir sind Schauspieler, Prudence und ich. Die Hauptrollen in dem Stück von Christopher Durang „Trotz aller Therapie". Ich bin dabei Dr. Stuart Framingham, ein Psychiater, der viel zu schnell kommt, deshalb Komplexe hat und möglichst viele seiner Patientinnen flach zu legen versucht. Eine schwierige, trostlose, unsympathische Figur. Machogehabe, Cowboystiefel, offenes Hemd mit schwarzer Brustbehaarung, Goldkettchen. 34 Jahre alt, angegraut, Glatze.
Es ist ein kleines Theater mit gerade einmal 250 Sitzplätzen, in dem wir spielen. Der Zuschauerraum leicht abgeschrägt zur Bühne hin. Es gibt keinen Orchestergraben und keine erhöhte Spielfläche. Nur der Übergang von dunklem Teppichboden zu hellen Metallfliesen bezeichnet die Grenze, die Zuschauer und Schauspieler trennt.
Prudence ist das, was man auf den ersten Blick als germanisch beschreiben würde: Einen Kopf größer als ich, langes, kräftiges, weizenblondes Haar. Rundliche Brille. Volle, sinnliche Lippen und eine sehr weibliche Figur. Ich streichle ihr seidenes, kräftiges Haar und ziehe die Decke über ihre kalten Schultern. Leider ist sie mit meinem Rivalen aus dem Theaterstück zusammen.
Bruce! Bruce – bisexuell – der ihr gleich bei ihrem ersten Date von seinem Liebhaber erzählt und Bruce, den sie eigentlich gar nicht leiden kann!

Prudence und das Spiel des Lebens

Natürlich heißt Bruce nicht Bruce, sondern Wolfgang, und bisexuell ist er auch nicht. Aber er steht zwischen Prudence und mir.
Ich weiß, dass Prudence ihren Wolfgang liebt. Sie ist ein gutes Mädchen – wenn auch ziemlich groß und ziemlich blond – und ich weiß, dass sie ihren Wolfgang nie verlassen wird und trotzdem…
Ich schaue auf Prudence, die neben mir liegt und streichle ihr Haar, küsse ihre schweißverklebte Wange, die jetzt so kalt ist und sie lächelt ein wenig. Jedenfalls bilde ich mir das ein. Ich könnte sie stundenlang anschauen, oder ihren Duft einatmen und mich in Träumen von einer gemeinsamen Zukunft verlieren. Nur dieses Wochenende, dann kommt Bruce zurück oder Wolfgang, der seine Eltern besucht.
Sie wird ihn niemals verlassen, ich weiß das und es stört mich nicht. Solange ich immer wieder einmal mit ihr zusammen sein kann, immer wieder einmal ihre Nähe spüre und immer wieder hinterher, die sphärische Musik von Anton Bruckner in mir höre. Ich brauche sie nicht zu besitzen, sie ist wie ein wundervolles Gemälde in einem Museum, zu dem man immer wieder zurückkehrt, um einen Zipfel der Schöpfung zu erhaschen und zu spüren. Übertrieben? Gefühlsduselig, Blödsinn? Was erwarten Sie? Ich bin Schauspieler!
Es wird dunkel und Schweigen senkt sich herab. Nur das Atmen von Prudence und das ferne Grollen des Gewitters und dann der Wind, der die Vorhänge bläht.
Ich bin ganz still.

Prudence und das Spiel des Lebens

Fred, 34 Jahre später
(Im Gespräch mit einem sehr jungen Reporter in einer
Bar mit großen Spiegeln, einer blank geputzten
Messingtheke und grünen Ledersesseln, vor denen
kleine runde Tische stehen).

Fred: Sie alle sahen sich bei der Vorbesprechung zum
ersten Mal. Die Orlov, die sich gleich als Prudence
vorstellte und auch danach nie ihren richtigen Namen
benutzte.
Reporter: Auch heute darf man sie ja nur mit dem Namen
ihrer momentanen Rolle ansprechen.
Fred: So ist es. (fährt fort): Dann die Rosenberg, die es
der Orlov gleichtat und sich nur mit Charlotte ansprechen
ließ. Charlotte Wallace, Psychiaterin. Dann Anton Miller,
der laut Presse die beste Nebenrolle spielte, die in dieser
Stadt je auf der Bühne stand und das, obwohl er nur
einen fast nicht vorhandenen Kellner darstellte!
Und dann natürlich Wolfgang Ackermann! Ein
Riesentalent, das die letzten 50 Aufführungen wegen
einer Gehirnblutung nicht mehr mitspielen konnte und
durch ein Double ersetzt werden musste... Sie alle
verwandelten sich, wurden zu dem, was sie auf der
Bühne spielten. Das, was sie vorher waren zählte nicht
mehr, hörte auf zu existieren.
(Fred sieht den Reporter an) Niemand ahnte damals,
dass sich bei diesem Stück vor über 30 Jahren...
Reporter: 34 Jahre, um genau zu sein.
Fred: (unbeirrt) Niemand ahnte damals, dass dort die
spätere Creme de la Creme der Schauspielerei auf der

Prudence und das Spiel des Lebens

Bühne stand. Alle waren sie damals noch unbekannt, alle noch voller Feuer, Eifer und Enthusiasmus! (Macht eine Pause und lächelt dann versonnen) Das Stück wurde ein Riesenerfolg! Der Durchbruch für alle, wenn man einmal von Wolfgang Ackermann absieht, der nach seiner Operation nie mehr auf einer Bühne stand. 50 Vorstellungen waren geplant und es sind 250 geworden. Die Letzte genauso ausverkauft wie die Erste.
Reporter: Ausverkauft auch wegen ihrer Bühnenbilder!
Fred (nickt) Ja, ausverkauft auch wegen meiner Bilder.
Reporter: Man könnte also sagen, dass dies auch der Beginn ihrer Karriere war?
Fred: Nein, das nicht, aber es gab meinem Schaffen eine sehr praktische Ausrichtung.
Reporter: Wie das?
Fred: Meine Bilder begannen zu leben oder anders gesagt in meinen Bildern wurde es lebendig, verstehen sie?
Reporter: Nicht ganz.
Fred: (erklärt) Nun, wenn ein Maler normalerweise ein Bild mit Personen malt, sind diese dort eingefroren, sie bewegen sich nicht. In meinen Bildern tun sie es. Sie reden, sie bewegen sich. Sie lachen, sie weinen, sie tanzen und singen. Sie heiraten, bekommen Kinder, leben, sterben. Das ganze Leben spielt sich in meinen Bildern ab!
Reporter: Ich verstehe.
Fred: (man sieht ihm an, dass er dem Reporter nicht glaubt) Jedenfalls konnte die Curley ihr Glück kaum fassen, als sie alle bei der ersten Probe auf der Bühne

sah und sie das Potential erkannte, das hier aufgelaufen war!

Reporter: Maria Curley?

Fred: (nickt) Ja, die wohl beste Regisseurin der letzten 40 Jahre. Ebenfalls noch unbekannt, ebenfalls noch voller Begeisterung und einem Hang zum Perfektionismus, der an Grausamkeit grenzte!

Reporter: Wenn man sieht was daraus geworden ist und wie viele internationale Karrieren damals ihren Anfang genommen haben, dann hat sich das ja wohl auch gelohnt!

Fred: (nickt) Oh ja, das hat es!

Prudence und das Spiel des Lebens

August 1989

„Ich bleibe hier", sagt Prudence und breitet eine Decke neben einer Kolonie von Kornblumen aus. Kornblumen, blau von der Sonne durchleuchtet wie ihre Augen. Sie breitet die Decke auf der Wiese aus und setzt sich. Ihr weißes Kleid mit den Rosenpunkten, das lange, blonde Haar zu Zöpfen geflochten. Ein Kreis, in dessen Mittelpunkt sie sitzt. Sie holt ihre Stifte und fängt zu zeichnen an.

Ich verschwinde, der Rest der Welt verschwindet und es existieren nur Kornblumen, blau von der Sonne durchleuchtet und sie.

Es ist heiß und ich döse vor mich hin. Der Geruch von Heu, Sommerwiesengezirpe und das Brummen von Bienen. Ich schließe die Augen. Alles ist, wie es ist. Ich bin mit Prudence zusammen. Wir haben keine gemeinsame Vergangenheit und wir werden nur eine sehr kurze Zukunft haben (solange das Stück gespielt wird), aber wir sind real, jetzt und im Augenblick. Prudence, die malt: Kornblumen, blau und sie ist erfüllt davon. Sie wählt die blaue Farbe und zeichnet die Form. Selbstvergessen, nicht von dieser Welt und doch hier. Sie hat keine Angst, denn sie ist ohne Zukunft und die Vergangenheit hat aufgehört zu existieren. So ist es immer mit ihr, das begreife ich jetzt. Die Gegenwart ist Doktor Stuart Framingham, der ihr Liebhaber ist und mit dem sie diesen Tag verbringt. Ihr gezopftes Haar glänzt golden, eine Farbe wie die Ähren windgewiegt auf dem großen Feld hinter uns. Es ist Sonntag und es wird heute Sonntag bleiben.

Prudence und das Spiel des Lebens

Fred

Er malt ein Haus. Ein Haus an einem Fluss oder doch eher an einem breiten Bach. Es ist ein altes Haus mit einem Schuppen davor, dessen Außenwände mit Brettern vernagelt sind. Alte Bretter und altes Gerät, das im Innern steht. Jedenfalls vermutete er das, während er das Bild malt. Das Gebäude dahinter größer und ziegelgedeckt. Der First in der Mitte schon leicht nach unten gedrückt. Ein Bauernhaus an einem kleinen Fluss, oder doch eher an einem breiten Bach. Jetzt noch Schwäne darauf. Nicht viele, zwei, vielleicht auch drei. Weiter hinten eine kleine Brücke aus Feld- oder Bruchsteinen und ein Weg, am linken Ufer des Bachs entlang. Hinter den Gebäuden Bäume, ein kleiner Wald. Laubbäume. Wie viele Gefühle, wie viele Geschichten und wie viele Leben so ein Bild enthielt, sah niemand. Nur er und das Bild wussten davon. Und dann die die Angst, die einen manchmal überfiel, während man die Farben mischte. Immer wieder diese Angst! Und das alles steckt in einem alten Haus an einem breiten Bach und einem Schuppen davor, der mit Brettern vernagelt ist. Und vielleicht noch in zwei bis drei Schwänen, die es noch nicht gibt. Ein ganzes Leben, oder gar eine ganze Welt!

Er malt weiter. Seine Gedanken schweifen und er denkt an seine Kinder und sein Innerstes füllt sich mit Liebe und gleichzeitig mit Furcht. Manchmal träumt er in der Nacht, dass eines von ihnen gestorben sei und das zerreißt ihm das Herz. Er weint und wenn er dann tränenbedeckt, schweißgebadet und zitternd aufwacht,

Prudence und das Spiel des Lebens

dauert es eine Zeit bis der Schmerz endlich nachlässt
und er begreift, dass es wirklich nur ein Traum war.
Danach legt er sich nie mehr hin. Er bleibt aufrecht im
Dunkeln sitzen, um nicht wieder in eine Welt zu fallen, in
der eines seiner Kinder gestorben ist!
Wenn dann der Morgen kommt, verblasst es und er kann
aufstehen und alles kommt wieder in Ordnung. Er sieht
auf das Bild und der Wald ist sehr düster geworden.
Etwas Schreckliches verbirgt sich nun in diesem
blattlosen Gehölz hinter dem Haus an dem Bach mit dem
brettergenagelten Schuppen davor.

Prudence und das Spiel des Lebens

Fred, 34 Jahre später
(Im Gespräch mit einem sehr jungen Reporter in einer
Bar mit großen Spiegeln, einer blank geputzten
Messingtheke und grünen Ledersesseln, vor denen
kleine runde Tische stehe).

Reporter: Damals haben sie also ihr erstes Bild für
Koschmelsky gemalt?
Fred: Na ja, eigentlich nicht nur für ihn, sondern für alle
Personen des Stücks. Niemand kann sich in einem
leeren Raum aufhalten und dann eine Rolle spielen. Wir
alle brauchen eine Kulisse, in der wir uns bewegen
können.
Reporter: Und diese Kulissen machen sie?
Fred: Ja.
Reporter: Und danach sind sie Koschmelsky treu
geblieben und haben all seine Bühnenbilder gemalt?
Fred: (nickt) Ja.
Reporter: Ich habe gehört, dass ihre letzte
Bühnendekoration versteigert wurde und einen
Spitzenpreis erzielt hat.
Fred: Das stimmt allerdings.
Reporter: Warum sind sie nach dieser ersten Aufführung
erst einmal beim Theater geblieben und warum haben sie
alle Bühnenbilder ausgerechnet für ihn gemalt? Soviel ich
weiß, waren sie doch auch mit der Orlov oder der
Rosenberg befreundet?
Fred: (zupft sich am Ohrläppchen) Das ist gar nicht so
leicht zu beantworten.

Prudence und das Spiel des Lebens

Reporter: Versuchen sie es, sie müssen doch selbst schon darüber nachgedacht haben.

Fred: (windet sich) Na ja, Koschmelsky hat einfach in meine Bilder gepasst!

Reporter: (irritiert) Das verstehe ich nicht.

Fred: (seufzt) Stellen sie sich einfach einmal ein Gemälde von Tiepolo vor. Würden Sie da einen Rockmusiker hineinmalen?

Reporter: Ich nehme mal an, dass dieser Tiepolo kein Zeitgenosse ist?

Fred: (schüttelt den Kopf) So ungefähr 18. Jahrhundert.

Reporter: Dachte ich mir.

Fred: Also würden sie in einem solchen Gemälde einen Rockmusiker sehen wollen?

Reporter: Nein.

Fred: Na also.

Reporter: (ratlos) Na also was?

Fred: Koschmelsky hat gepasst, deshalb habe ich ihn in all meine Bilder gestellt.

Reporter: Immer derselbe?

Fred: Ja und nein. Koschmelsky war in keinem Stück derselbe. Genau das macht einen guten Schauspieler ja aus!

Reporter: (nickt) Und er hat auch in ihren Bildern immer anders ausgesehen.

Fred: Immer. Schließlich hat er auch jedes Mal eine andere Rolle gespielt.

Reporter: Aber dann haben sie zwei Jahre lang aufgehört ihn in ihre Bilder zu stellen! Sie sind ihm auch zum ersten Mal nicht gefolgt, haben ihr Theaterengagement beendet

Prudence und das Spiel des Lebens

und mit ihren Bildern, die sie gemalt haben, ihren jetzigen Ruhm und Reichtum begründet.

Fred: Ja.

Reporter: Warum?

Fred: Ich wollte einfach einmal sehen, wie das ist, reich und berühmt zu sein. Außerdem war das die Zeit in der Koschmelsky zwei Filme gedreht hat.

Reporter: Die ihm endgültig zu seinem Durchbruch verholfen haben.

Fred: Genau. Filme finde ich gruselig.

Reporter: Warum das?

Fred: In Filmen laufen zum Teil Menschen herum, die längst gestorben sind.

Reporter: Na ja im Theater werden Stücke von Toten aufgeführt.

Fred: Aber die Menschen, die dort sprechen leben noch. Sie erschaffen mit dem Wort oder den Wörtern die Welt jedes Mal vor unseren Augen neu. Das Wort ist immer lebendig, verstehen sie. Das Wort stirbt nicht. Es lauert in Büchern und auf Bühnen, um jedes Mal wieder neu erweckt zu werden.

Reporter: Also ich finde, dass in Filmen genau das Gleiche passiert.

Fred: Das bezweifle ich nicht. Nur Filme sind etwas Dauerhaftes. Sie verändern sich nicht ständig, wie etwa ein Theaterstück es jeden Abend tut. Ein Theaterstück entsteht jeden Abend neu. Es ist dynamisch. Ein Film bleibt sich immer gleich und es laufen sogar Figuren herum, die längst tot sind.

Reporter: Das sagten sie schon.

Prudence und das Spiel des Lebens

Fred: Ein Theaterschauspieler, der gestorben ist, spaziert nicht mehr über die Bühne. Deshalb hat Koschmelsky sich, als er noch mehr als nur einer war geweigert, sich oder die Stücke, in denen er spielte, filmen zu lassen. Das hat sich erst dann geändert, als Koschmelsky eine Zeitlang den Kontakt zu seiner Kreativität verloren hatte. Übrigens auch der Grund, warum ich nicht mehr mit ihm zusammenarbeiten konnte.

Reporter: Weil er eine Zeitlang tatsächlich nur noch Koschmelsky und kein Künstler mehr war?

Fred: Genau. Und wer möchte sich schon einen Koschmelsky ins Bild stellen? Wir wollen da jetzt aber nicht stundenlang drüber diskutieren, oder? Ich glaube kaum, dass ihre Leser das interessiert.

Reporter: (schüttelt den Kopf) Sie haben Recht. Also, wie ist es reich und berühmt zu sein?

Fred: Nett.

Reporter: Nett?

Fred: Ja, vorher konnte ich mir nie einen Maserati leisten.

Reporter: Sie sind also reich geworden, um sich einen Maserati leisten zu können?

Fred: Ja und einen VW-Bus T2.

Reporter: Einen VW-Bus?

Fred: Ja. Den Maserati und den VW-Bus habe ich immer noch. Auch den Jaguar MK 10.

Reporter: Ich bin neidisch!

Prudence und das Spiel des Lebens

Die Tänzerin, 1989

Ich war verheiratet, bevor ich Dr. Stuart Framingham wurde. Das ist noch nicht einmal sechs Monate her. Mit einer Tänzerin, so schön und so unglücklich, dass es mich zerreißt, sobald ich nur an sie denke! Natürlich blond, natürlich blaue Augen, natürlich Bergseen – nur - dieses Mal schwimmt eine Insel in diesem großen Blau. Wir haben zwei wundervolle Kinder und wir spielen Rollen. Rollen, in die wir geschlüpft sind, weil wir uns ansonsten hilflos und verloren gefühlt hätten. Es sind Anzüge, die uns vor der Kälte schützen! Wir haben uns kennengelernt, um uns zu öffnen, um unsere Verletzlichkeit zu heilen oder doch zumindest zu teilen, doch dann hat uns der Mut verlassen! Zu kalt. Diese Welt ohne Schutz, ohne Rollen, war so riesig, so groß und so kalt! Wie kann man in einer so großen, so kalten Welt ohne Rolle, ohne eine Gebrauchsanleitung existieren und dann auch noch völlig nackt sein Herz in andere Hände legen, wenn man Vertrauen nie gelernt hat?
Also spielten wir Rollen und gaben unsere Freiheit, unsere Seele und was weiß ich noch alles auf.
Nähe haben wir nur beim Sex gespürt und haben deshalb tagelang miteinander geschlafen. Bis die Tänzerin auch diese Art von Nähe nicht mehr ertrug.
Wir haben uns auf dieser Bühne des Lebens nur zwei Mal nackt gegenübergestanden. Zwei Mal uns unverhüllt in die Augen gesehen - und es nicht ausgehalten!
Niemand hält diese Nacktheit aus. Also haben wir uns abgewandt und wieder Rollen gespielt. Rollen angezogen, die nicht uns gehörten, Rollen, die

Prudence und das Spiel des Lebens

tausendfach um uns herum im Angebot waren und wir
haben es uns gegenseitig zum Vorwurf gemacht: Das
Abwenden, die Furcht, die Flucht in die Rolle, die
Feigheit vor Nähe, die Feigheit vor dem Leben! Damals
habe ich verstanden, dass die Rolle, die wir spielen und
das Festhalten daran die Quelle all unserer Irrungen und
unseres Leides ist!
Warum verrätst du mich? Du hattest mir etwas anderes
versprochen!

Prudence und das Spiel des Lebens

August 1989, Prudence

Auf der Wiese. Ich versuche es Prudence zu erklären.
„Ich weiß Prudence: Fremde Rollen spielen, nur weil man
sie kennt, sind schlechte Voraussetzungen, um eine Ehe
zu gestalten. Ich gebe es zu, – sie taugen nicht einmal
dazu, ein Eigenleben zu führen", sage ich. „Und darunter
bist du immer noch nackt!"
Prudence sitzt da und malt.
„Zu meiner Verteidigung sei gesagt, dass ich mir so ohne
alles klein und erbärmlich vorkam und dass sich dieses
„Rollen anzuziehen" gut anfühlte, weil es alle machten!
Verstehst du? Ich kenne niemanden, der keine Rolle
spielt. Wir alle tun so, als wären wir wer und irgendwann,
wenn wir lange genug leben, glauben wir das auch!"
Ich erzähle das ihr aber eigentlich doch nur mir. Eine
Geschichte wird wahr, wenn man sie sich oder anderen
oft genug erzählt!
Prudence betrachtet ihr Bild. Fred hat ihr gezeigt, wie
man es macht und sie lernt jeden Tag dazu. Prudence
hört nicht zu, das weiß ich.
„Verdammt noch mal Prudence, die haben mich ohne
Gebrauchsanleitung ins Leben geschickt! Ein Regisseur
war auch nicht da, was hätte ich tun sollen? Ich war
allein, ich war nackt, ich war schon vor meine Geburt
zum Tod verurteilt, ohne etwas getan zu haben - was
erwartest du von mir?"
Prudence auf der Wiese sieht mich nur an und schüttelt
den Kopf. „Nichts", sagt sie. „Ich erwarte nichts."
„Du kannst nicht „Nichts" erwarten!"

Prudence und das Spiel des Lebens

„Doch", sagt Prudence. „Wenn ich nichts erwarte,
brauche ich auch nichts zu fürchten, verstehst du? Mir
genügt dieser Augenblick! Was interessiert mich morgen
oder was interessieren mich deine Geschichten von
gestern? Mich interessiert nicht einmal, wer du gestern
gewesen bist Doktorchen!"
Prudence malt einfach weiter. Ich starre sie an und die
Sonne macht einen Goldrand um ihr Haar.

Prudence und das Spiel des Lebens

Fred der Bühnenmaler, 1989

Niemand wäre je auf die Idee gekommen, ein Bild von ihm schräg zu halten, weil man das Gefühl hatte, dass das Meer, der Bach oder der Fluss darauf dann auslaufen würde. Natürlich wusste jeder, dass ein Bild nicht auslaufen kann, aber sicher war sicher!
Fred hätte schon damals berühmt, er hätte reich, er hätte von allen bewundert sein können und stand stattdessen auf einer Leiter mit einem grauen Kittel und malte die Bühnendekoration.
„Verdammt Fred", sagte ich. „Ich rieche diese Wiese, diese Blumen, ich kann sehen, wie der Wind die Gräser wiegt. Wie machst du das?"
„Mit Farbe und einem Pinsel", erklärte Fred mit ernstem Gesicht.
Fred hatte pechschwarze Haare, die er vielleicht färbte. Niemand hat mit 40 so schwarze Haare! Er hatte oft versucht, sie nach hinten zu kämmen, damit sie ihm nicht ins Gesicht fielen und jetzt ragten sie unordentlich und dicht über seinen beginnenden Geheimratsecken auf. Seine Augen waren wie Kohlen so schwarz und funkelten aus tiefen Höhlen, über denen buschige Augenbrauen zusammengewachsen waren. Unter einer großen Nase ein unordentlich gestrüpphafter Bart, der die Oberlippe verdeckte.
„Ja Fred gut, aber warum verkaufst du deine Bilder nicht?"
„Das tue ich doch", antwortete Fred von oben herab.
„Ja, aber du tust es für ein lächerliches Gehalt und weißt doch genau, dass du Millionär sein könntest! Warum?"

Prudence und das Spiel des Lebens

„Nur für dich", sagte Fred, ohne jeglichen Spott in der Stimme. „Damit du und die anderen nicht in eine elendige Leere hineinkommen, wenn sie morgens aufwachen, um hier ihre Rollen zu spielen!"
Und da wusste ich: Gott hieß Fred und Fred stand weit über mir auf einer Leiter und malte die Welt in der ich als Schauspieler lebte.

Prudence und das Spiel des Lebens

August 1989, Prudence
Auf der Wiese.

„Jeder Mensch ist nur ein Schauspieler und spielt eine Rolle", sagt Prudence auf der Wiese. (Das Bild ist fast fertig).

„Da hast du Recht", gebe ich zu. „Meine Eltern wählten meine für mich: Du wirst Lehrer, sagten sie zu mir und ich wurde Lehrer. Endlich gab es eine Gebrauchsanleitung! Endlich jemand, der mir sagte, was ich - wie - tun musste und endlich war ich beschäftigt, abgelenkt. Und meine Rolle übernahm fortan das Denken für mich. „Was tut ein Lehrer?" Unterrichten! Danach? Heiraten (die Tänzerin), Kinder, Frau, Status, Eigenheim. Schlafen, aufstehen, zur Arbeit gehen, heimkommen und zurück. Meine Rolle machte das schon für mich, ich brauchte gar nicht da zu sein, fast alles ging automatisch. Mein Ego brauchte mich nicht einmal dazu. Und ich schlief, wie ich schon davor geschlafen hatte. Eigentlich war das gespenstisch. Meine Rolle reagierte auf Reizwörter so wie ein Computer auf einen Eingabebefehl reagiert oder wie wir heute im Theater auf unsere Stichwörter reagieren. Fiel eines davon, stritt ich mich (zum Beispiel) mit der Tänzerin mit fast immer den gleichen Worten und fast immer dem gleichen Ablauf und fast immer dem gleichen Ergebnis. (Ich lass mich scheiden, Tür zu rums!) Mit der Zeit wurden es mehr dieser Worte und mehr dieser Streits, aber alle folgten festen Regeln, so wie wir heute feste Sätze auf unsere Stichwörter haben. Diese Streite fühlten sich so real an und wenn einmal nicht, verschärften wir sie so lange, bis sie es taten, weil wir emotional mit

unserem Zorn und unserer Enttäuschung komplett
beteiligt waren. Aber eigentlich wusste ich es: Das alles
hatte nichts mit mir und auch nichts mit der Tänzerin zu
tun, wir hätten jederzeit anders reagieren können! Wenn
wir eine Vorstellung davon gehabt hätten, was wir
stattdessen hätten tun sollen, hätten wir uns vielleicht
gemeinsam aus diesem Gefängnis träumen können!
Ja, vielleicht wäre das die Lösung, die Erlösung
gewesen, – sich immer wieder zusammenzusetzen, um
gemeinsam zu träumen!
Aber so ... Wir waren – nicht nur im Privatleben - in
diesen Programmen gefangen, wir waren es auch im
Beruf. Diese Mechanismen übernahmen das Leben für
uns. Aktion, (erlernte) Reaktion. Immerhin: Jeder Tag war
dadurch vorbestimmt, – wir waren in Sicherheit, das
Nichts konnte uns nichts anhaben! Ich habe damals, in
der kurzen Zeit, in der ich es wusste, wirklich gestaunt:
Es war so einfach! Rolle anziehen, jeden Tag die
Aufgaben dieser Rolle versehen, alt werden, Rolle wieder
ausziehen, sich einen Augenblick lang verwundert die
Augen reiben und sich fragen, was bitteschön denn das
gewesen war? Und sterben. Ich habe eine Zeit lang
gewusst, was ich tat Prudence wirklich! Aber dann habe
ich es vergessen und bin zu dieser Rolle geworden!
Prudence schaut mich an. Sie betrachtet noch einmal ihr
Bild, bevor sie es in kleine Stücke zerreißt. Hinter mir
rauscht leise der Wald. Der Wind als leichte, warme
Berührung auf meiner Wange. Das Gras fühlt sich ein
wenig wie Gummi an und wenn ich die Augen schließe
höre ich ganz deutlich Vögel singen und ab und zu

Prudence und das Spiel des Lebens

brummt eine Biene. Je mehr ich erzähle, desto
bedeutungsloser wird die Geschichte, ich spüre es.
Ich zerreiße das Lehrermärchen (da ich vermutlich nie
ein Lehrer gewesen bin) und Prudence packt es zu ihren
Blumenwiesenschnipseln. Ich bin nackt. Ich halte es nicht
aus. Ich würde jetzt sogar Politiker sein wollen oder
Bankier oder Unternehmer, denn alle wissen, was sie zu
tun haben und kennen die Regeln und Programme, an
die sie sich, ohne sich wirklich zu spüren halten können!
Jetzt bin ich sehr dankbar, eine kleine Weile Doktor
Stuart Framingham sein zu können und genau zu wissen,
was von einem Dr. Stuart Framingham erwartet wird!
Dann verstaut Prudence auch die Farben. Wir gehen in
den Wald und es liegen hellgelbe Blätter auf dem Boden,
die Büsche bilden eine Höhle und die Zweige der Bäume,
ein von der Sonne hell beleuchtetes Dach.
Obwohl ich den Lehrer zerrissen habe, wehrt er sich! Es
funktioniert wie immer: Ich brauchte etwas nur oft genug
zu erzählen und es wird Realität oder es war Realität,
weil ich es oft genug erzählt habe?
Jeder hat eine Geschichte. Vielleicht tun wir, was wir tun
und erfinden dann erst eine Geschichte dazu?
„Genau so war es", sage ich und meine den Lehrer
zwischen der geschnipselten Wiese und vielleicht stimmt
das sogar! Ich erzähle wider besseres Wissen weiter. Mir
ist, als ginge es um meine Existenz, als sei ich kurz
davor, mich aufzulösen! Ich merke kaum, wie aus meiner
Erzählung eine Rechtfertigung wird. Ich bin nicht nichts!
„Ich werde dich nicht retten Stuart", erklärt Prudence und
ich wünsche mir sie würde nach meinem wirklichen

Prudence und das Spiel des Lebens

Namen fragen! Ist das nicht die Frage, auf die wir unser ganzes Leben lang warten und vor der wir uns am meisten fürchten?

Prudence und das Spiel des Lebens

Oktober 89. Probe. Auf der Bühne. „Trotz aller Therapie".
Ich bin ein Schauspieler.
Wir proben seit nunmehr neun Monaten immer und
immer wieder! Gut, es ist meine erste große Rolle, aber
von anderen Regisseuren weiß ich, dass sie höchstens
noch ein wenig nachbessern, wenn die Vorstellungen erst
einmal begonnen haben. Maria ist da anders. Das Stück
läuft mit großem Erfolg seit Januar und wir sind Abend für
Abend ausverkauft und trotzdem proben wir fast jeden
Mittag!
Für alle, die das Stück nicht kennen ...

Was bisher geschah:
Prudence ist bei Doktor Stuart Framingham in
Behandlung. Ein Psychiater, der beim Sex viel zu schnell
kommt, deshalb Komplexe hat und möglichst viele seiner
Patientinnen flach zu legen versucht. Eine schwierige,
trostlose, unsympathische Figur. Machogehabe,
Cowboystiefel, offenes Hemd mit schwarzer
Brustbehaarung, Goldkettchen. 34 Jahre alt, angegraut,
Glatze.
Natürlich hat Dr. Framingham seine Patientin (Prudence)
verführt und natürlich lehnt auch sie ihn als Freund und
Liebhaber ab. Framingham steckt nun in einer
Zwickmühle. Er hat sich strafbar gemacht, er hat im Bett
versagt und Prudence verachtet ihn oder was noch viel
schlimmer ist, sie hat Mitleid mit ihm. Einerseits hasst er
Prudence dafür, aber andererseits braucht er dringend
Anerkennung von ihr, um sich nicht gänzlich als Versager
zu fühlen. Er rät ihr also, sich wieder auf eine Beziehung

Prudence und das Spiel des Lebens

einzulassen und es vielleicht einmal mit einer Anzeige zu probieren, hofft aber, dass ihre Erfahrungen so schlecht sind, dass sie letztendlich seinen wahren Wert erkennt und zu ihm zurückkommt.

Wir proben:
Szene: Prudence und Bruce (für mich das erste Mal, dass ein reales Paar auch ein Paar auf der Bühne spielt), haben Kontaktanzeigen aufgegeben und treffen sich zum ersten Mal in einem Restaurant. Bruce erzählt ihr sofort von seinem Liebhaber und dass er sich von beiden Geschlechtern angezogen fühlt. Prudence ist irritiert, bleibt aber sitzen. Wir - das sind Charlotte, Bob und Andrew - stehen im Zuschauerraum. (Andrew wird später von der einheimischen Presse als bester Nebendarsteller der letzten zehn Jahre bezeichnet, doch das nur nebenbei.) Wir stehen also im Zuschauerraum, während Prudence und Bruce versuchen, ihre Rollen noch perfekter zu spielen.

„Ein schönes Paar", denke ich und meine damit Prudence und Bruce. Sie, so blond, so germanisch und aufregend weiblich. Er, sportlich ein wenig zu weich, gutaussehend und in Prudence verliebt. Es ist heiß und schwül – noch immer.

Das Stück:
Bruce: „In manchen Dingen bist du wie ein kleines Mädchen, in manchen bist du wie eine Frau."

Prudence und das Spiel des Lebens

Es ist seltsam, wie Rollen und feste Abläufe Besitz von einem Menschen ergreifen. Prudence und Bruce: Zwei Rollen, die sich treffen, um zu vergleichen, ob sie zusammen ihr altes, emotionales Zuhause oder aber das genaue Gegenteil davon nachspielen können. Zwei Rollen - dazu da - die Geborgenheit des Elternhauses, die Gefühle, die man dort hatte, – egal ob gut oder schlecht - Harmonie oder Drama - wieder zu erzeugen. Zwei Rollen, die uns wie Kleber an die Vergangenheit heften und uns die jetzige, die reale Welt nie kennenlernen lassen! Zwei Rollen, die verhindern, dass wir wissen, wer und was wir wirklich sind und die uns das „Kinderzimmer emotional" durch die Erwachsenenwelt tragen lassen! Und zwei Rollen, welche die Einsamkeit, diese riesige, verfluchte große Einsamkeit vertreiben sollen! Die Mädchen suchen ihre Väter und die großen Jungs ihre Mütter. Aber natürlich können sie die nicht finden! Sie verlieben sich zwar in Partner, die so ähnlich scheinen, sie manipulieren so lange herum, bis sie sich teilweise auch so benehmen, aber trotzdem ist das immer nur eine Täuschung, die uns „enttäuscht" zurücklässt. Und dann hört der Mann vielleicht auf zu trinken, obwohl der Vater der Frau getrunken hat, spielt das eventuell vorhandene Drama nicht mehr mit, entwickelt sich und wird als Verräter verstoßen! Und die Suche nach Papa oder Mama beginnt von Neuem!

Das Stück:
Prudence: „In welchen Dingen bin ich wie eine Frau?"

Prudence und das Spiel des Lebens

Bruce: „Romantisch" (sucht nach Worten). „Du, du ziehst dich an wie eine Frau. Du trägst Lidschatten wie eine Frau."
Prudence: „Du bist wie ein Mann. Du bist groß. Du musst dich rasieren. Ich fühle, dass du mich beschützen könntest."
Bruce: „Ich bin tief gerührt. Ich möchte weinen."
Prudence: „Oh, das würde mir aber gar nicht gefallen."
Bruce: „Aber ich mag weinen!"
Prudence: „Ich glaube nicht, dass Männer weinen sollten, außer es fällt was auf sie drauf!"

Prudence und das Spiel des Lebens

Fred malt

Fred steht auf einer Klippe. Die Staffelei fest eingegraben im steinigen Grund. Er tut etwas, was ich schon oft bei ihm bemerkt habe: Er dichtet, bevor er malt! Fred hat eine Ledermütze auf seine Haare gedrückt, damit der Küstenwind keine Angriffsfläche hat. Allerdings tobt der sich dafür in Freds Oberlippenbart aus, sodass er niest. Ich habe es mir angewöhnt, seine Gedichte aufzuschreiben, weil sie mir gefallen und weil er sich, wenn er fertig gemalt hat, an nichts mehr erinnert!

Ich male dich blau
mit Möwengekreisch
und weißer Gischt
mit deinem Donnern
und dem Wind
der salzig hart
wie Peitschenschläge pfeift.
Mit Glitzerfunken auf den Wellen
und einer goldenen Straße
an deren Ende
die Sonne
im Nirgendwo verschwindet.
Ich male dich blau

Prudence und das Spiel des Lebens

Später ist das Gedicht dann in seinen Bildern, die Worte
sind in Farben aufgelöst.
Ich sehe Fred an, wie er mit seiner braunen Ledermütze,
seiner eingegrabenen Staffelei und all den mit Steinen
beschwerten Farben und Pinseln auf dieser irischen
Klippe steht und das Meer ihn auszufüllen beginnt. Der
Wind und die Straße aus Gold und das Geschrei der
Möwen und ich weiß: Fred ist auch ein Dichter, der die
ganze Welt in einen Satz zu packen weiß. Jetzt malt er
eine Klippe auf das Weiß seiner Leinwand und fügt Gelb
hinzu.
Wir sind also auf dieser irischen Klippe und um uns
herum gibt es nichts außer pfeifendem Wind, dem
Donnern der Wellen an den Felsen, frische, salzige, kalte
Luft. Wasserschlieren, die unsere Gesichter treffen und
der Sonne die Funken auf die Wellen streut.

Prudence und das Spiel des Lebens

Bruce, August 1989

Prudence läuft vor mir her und der kleine Waldweg ist
schmal. Sie trägt das Blumenwiesenbild geschnipselt in
ihrer Tasche. Ich hätte das Bild niemals zerrissen, denn
es war ein schönes, ein wundervolles Bild. Beinahe sogar
ein Fredbild. Aber ich sage nichts, denn dann würde
Prudence wieder so etwas bemerken wie: „Die Kunst
liegt im Tun und nicht im Ergebnis."
Manchmal erinnern mich die beiden an buddhistische
Mönche. (Prudence und Fred).
Morgen allerdings wird sie auf der Bühne, (zum
wievielten Mal jetzt eigentlich?) im Theater als
Schauspielerin Bruce (ihren Wolfgang) kennenlernen.
Bruce, der auf ihre Kontaktanzeige antwortet und ihr
gleich von seinem Liebhaber erzählt. Sie wird irritiert sein
und alles, was sie hält, was sie nicht sofort aufstehen und
wegrennen lässt, ist die Furcht vor der Einsamkeit oder
die Furcht vor der Zweisamkeit mit Dr. Stuart
Framingham (also mir). Wir sind jetzt drei Monate
zusammen. Ich bin ihr Therapeut, ich habe sie verführt,
ich habe das Vertrauensverhältnis zwischen Arzt und
Patienten missbraucht und wenn das Stück vorbei ist,
werden mich alle hassen! Vielleicht ist das auch der
Grund, warum mir Prudence kein Vertrauen schenkt und
warum sie bei Wolfgang bleibt. Wie kann man mit einem
Dr. Stuart Framingham zusammenleben? Und färbt nicht
eine Rolle, je mehr man sie spielt auf die Person ab? Da
nützt es nichts, wenn ich ihr versichere, eigentlich ganz
anders zu sein. Ein Teil von mir ist dieser Rolle
geworden! Prudence kennt nur diesen Teil - Dr. Stuart

Prudence und das Spiel des Lebens

Framingham und den hassen alle! Nur Dr. Charlotte Wallace nicht, weil sie alles, was ich oder besser gesagt er tut, gleich wieder vergisst.

Prudence und das Spiel des Lebens

Fred, 34 Jahre später
(Im Gespräch mit einem sehr jungen Reporter in einer
Bar mit großen Spiegeln, einer blank geputzten
Messingtheke und grünen Ledersesseln, vor denen
kleine runde Tische stehen).

Reporter: Damals, also 1989, begann Koschmelskys
Affäre mit der Orlov?
Fred: (schüttelt den Kopf) Nein.
Reporter: Nein?
Fred: Nein.
Reporter: Aber …
Fred: Doktor Stuart Framingham hatte eine Affäre mit
Prudence, das ist ein gewaltiger Unterschied!
Reporter: Das ist jetzt aber Haarspalterei! Koschmelsky
war Doktor Stuart Framingham und die Orlov war
Prudence!
Fred: Eben!
Reporter: (lehnt sich genervt zurück) Also sie sagen
Koschmelsky und die Orlov haben nicht miteinander
geschlafen?
Fred: Genau das haben sie nicht.
Reporter: Diese Prudence und Doktor Framingham aber
sehr wohl?
Fred: Jetzt fangen sie an zu verstehen!
Reporter: Ich glaube nicht!
Fred: Niemand war, während der ganzen 250
Aufführungen, der der er wirklich war. Alle haben sich mit
den Figuren des Stückes identifiziert.

Prudence und das Spiel des Lebens

Reporter: Das ist ja furchtbar!
Fred: Nein, Erfolg! Außerdem spielen sie heute ja auch den Reporter.
Reporter: Das ist mein Beruf.
Fred: Eben. Das ist die Rolle, die sie gerade spielen.
Reporter: (versucht zu verstehen) Sie meinen damit also, dass Koschmelsky und die Orlov nie miteinander ins Bett gegangen wären?
Fred: Niemals! Koschmelsky war damals zu Beginn noch unglücklich mit seiner Tänzerin verheiratet und hätte sie niemals betrogen!
Reporter: Aber als Framingham hat er das!
Fred: Nein.
Reporter: Nein?
Fred: Nein! Stuart Framingham war nicht verheiratet. In seinem Leben gab es eine Menge Patientinnen, die er flachgelegt hat, aber keine Tänzerin!
Reporter: Und vermutlich behaupten sie jetzt gleich, dass Dr. Stuart Framingham bei Prudence auch zu früh ejakuliert hat?
Fred: So steht es im Skript. Aber warum wollen sie das alles wissen?
Reporter: Na, weil ich verstehen will, warum Koschmelsky das damals getan hat und wie es dazu gekommen ist!
Fred: Koschmelsky hat gar nichts getan. Das war Framingham!

Prudence und das Spiel des Lebens

Mai 1989. Es geschieht: Prudence! Wie es begann
Die Tänzerin hat mich Stanislav Koschmelsky verlassen!
Stanislav Koschmelsky, der jetzt Schauspieler ist und Dr.
Stuart Framingham heißt. Und gut, es könnte auch der
Lehrer sein, den sie verlassen hat, das meint auf jeden
Fall Fred.
Seit die Tänzerin gegangen ist, hat sich etwas verändert.
Prudence schaut mich plötzlich mit anderen Augen an.
Ich spüre das, auch wenn sie jedes Mal wegschaut,
sobald ich zu ihr hinübersehe. Dann, während unserer
Dialoge versengt das Blau ihrer Augen mein Herz.
Blickkontakt und ich habe Schwierigkeiten, mich an
meinen Text zu erinnern! Außer Fred habe ich
niemandem etwas erzählt, aber ich habe jetzt oft meine
Kinder Rebecca und Johann bei meinen Proben dabei.
Der Schauspieler, der jetzt allein ist, liest ein Buch,
während draußen Regentropfen, kühl, frisch, kreiselnd
vom Himmel in die Pfützen fallen.
Eine schmale Gasse mit Bastelladen, Tätowierstudio.
Rechts eine italienische Boutique. Ein Absperrgitter,
viereckig auf der Straße. Altbausanierung. Und dann das
alte Rathaus.
Spät abends. Es läutet und ich öffne. Prudence steht vor
der Tür. „Ich möchte nicht reden", sagt sie. „Ich bin auch
nicht hier. Ich bin ein Traum und nichts, was jetzt passiert
ist Wirklichkeit!"
Ihr schweres, blondes, seidenes Haar zu einer
kunstvollen Frisur geflochten. Ein sanfter Duft, der sie wie
ein feiner Frühlingsnebel umgibt. Meine Kälte und ihre
Wärme, als sie sich zu mir herunterbeugt und mich küsst.

Prudence und das Spiel des Lebens

Noch heute kann ich diese Lippen auf den meinen
fühlen.
„Ruf mich nicht an, sprich nicht mit mir. Wenn du morgen
die Augen aufmachst, bin ich verschwunden!"
Ich nicke, weil ich weiß, dass Prudence eigentlich mit
Wolfgang oder Bruce zusammen ist und dass die beiden
heiraten wollen.
Ihre Berührungen lösen Wellen der Erregung aus.
Wellen, die sich heiß ausbreiten und Löcher in meine
verschlossene Seele fressen.
„Hast du verstanden?"
Ich nicke.
Und Prudence kommt herein und ich versinke unrettbar
verloren in ihr. Sie ist über mir, riesengroß im Licht des
vollen Mondes, der das Bett bescheint.
Stunden später liegt sie auf mir, schwer, die Schenkel
zusammengepresst, sodass ich ihr nicht entgleiten kann.
Ihre Wange an der meinen und ihr Haar bedeckt mein
Gesicht. Sie weint.

Prudence und das Spiel des Lebens

Mai 1989

Ich erwache am anderen Morgen und bin Lehrer! Eine Stunde später, nach sechs Toastbroten mit Marmelade und einem guten, frisch gebrühten Kaffee (ich liebe das), stehe ich vor meiner Klasse, so als sei ich schon immer da gewesen: Ehemalige Verkäufer, Betonmischer, ein Bankdirektor mit seinem Burn-out, ein Doktor der Philosophie, Friseurinnen, ehemalige Krankenschwestern und und und – ein Querschnitt durch unsere Gesellschaft.

Ich komme so langsam in Schwung, während mich meine neue Gruppe immer noch einzuschätzen versucht.

„Dass heute der Gewinn einer Unternehmung noch genauso wie vor 800 Jahren ermittelt wird, liegt an der sogenannten Polarität ..." Ich schaue in die Runde. Keiner versteht mich! „Was ist Polarität?"

Die Gruppe überlegt. „Das hat was mit Hell – Dunkel zu tun", sagt dann eine blondgelockte, ehemalige Verkäuferin.

„Genau", der Doktor will nun auch nicht zurückstehen. „Hell – Dunkel, Oben – Unten, Rechts – Links, Gut – Böse, Gott - Teufel, Yin und Yang, Materie – Antimaterie, das eine ist ohne das andere nicht denkbar ..."

„Sehr gut", bestätige ich. „Das heißt, wir könnten nicht wissen, wo oben ist, wenn es nicht gleichzeitig auch ein unten gäbe! Das eine bedingt das andere oder das eine erschafft sogar das andere!"

„Unser Verstand arbeitet polar", sagt der Doktor.

Ich nicke. „Nicht nur unser Verstand, auch Computer tun das!"

Prudence und das Spiel des Lebens

„Nullen und Einsen", wirft der Bankdirektor ein. „Genau", bestätige ich. „Oder Nichtstrom – Strom. Überlegen sie einmal", gebe ich zu bedenken. "Die ganzen bunten Bilder, die Programme wie Facebook oder Google oder Youtube – nichts weiter als die verschiedensten Kombinationen von Nullen und Einsen, etwas anderes versteht ihr Computer nämlich gar nicht." Ich weiß, dass das schwer vorstellbar ist und gebe den Schülern erst einmal Zeit, das zu verdauen. Dabei schaue ich jeden Einzelnen von ihnen an und denke, dass es im normalen Leben auch nicht anders ist. Was ich hier vor mir sehe, ist das Ergebnis aller „Ja – Nein" – Entscheidungen, die diese Menschen vor mir in ihren Leben getroffen haben. Jedes „Ja" hatte bestimmte Konsequenzen, genauso wie jedes „Nein". Es sind selten die großen Dinge, die das Leben bestimmen. Das Ergebnis, das Individuum, der Schüler, die Summe all seiner Entscheidungen sitzt jetzt also vor mir!
„Die Buchhaltung arbeitet genauso", fahre ich fort. Statt Nullen und Einsen, Ja oder Neins gibt es dort Soll und Haben. Jedes „Soll" erzeugt automatisch sein entsprechendes „Haben", also die entsprechende Konsequenz. Mit dieser einfachen, wenn auch umständlichen Technik können sie sich ein Gesamtbild eines Riesenunternehmens wie etwa Daimler-Benz machen!" Ich schaue in die Runde und sehe: Das war zu schwer. Also leichter! „Nehmen wir an, Sie kaufen ein Auto. Dieses Auto tragen Sie auf die Soll-, das ist die Vermögensseite eines Unternehmens ein. Wenn ein Solleintrag aber automatisch einen Habeneintrag (als

Konsequenz) nach sich zieht, müssen wir etwas auf die Habenseite, das ist die Schuldenseite des Unternehmens eintragen. Und das wäre dann der Eintrag auf das Darlehens- oder kurzfristige Schuldenkonto der Unternehmung. Bleiben wir bei diesem Beispiel: Wir bezahlen diese Schulden, die durch den Autokauf entstanden sind. Steht das Bankkonto auf der Vermögensseite (Soll), nimmt dieses ab. Gleichzeitig nehmen unsere Schulden auf der Habenseite (Schuldenseite) des Unternehmens ab. Auch hier hat eine Sollbuchung automatisch eine Habenbuchung erzeugt. Und so weiter. Sie können sich mit dieser einfachen Technik ein Bild eines jeden Unternehmens erstellen und zwar egal wie groß es ist. Tausende von kleinen, leichten Links – Rechts-Entscheidungen und sie wissen Bescheid, weil jedes Links automatisch ein Rechts ergibt! Sie brauchen also nur 50 % zu wissen, nämlich ob Sie etwas links oder rechts einzutragen haben, der Gegeneintrag ergibt sich von selbst! Und damit ...“ Ich liebe diese Kunstpausen! „Darf ich Ihnen auch gleich mein Lebensmotto verraten: 50 % Wissen, 100 % Erfolg und 200 % Gehalt!“
Das gefällt meinen Schülern, das kann ich sehen!
„Also ich fand Buchhaltung in der Schule immer höchst kompliziert“, gibt ein ehemaliger Kfz-Meister zu bedenken.
Ich nicke. „Klar“, gebe ich ihm recht. „Weil Ihnen Buchhaltung von Theoretikern erklärt worden ist, die noch nie praktisch gearbeitet haben. Ich bin der Meinung“, setze ich noch einen obendrauf. „Wenn man

Prudence und das Spiel des Lebens

einen komplizierten Sachverhalt nicht mit drei oder vier
Sätzen erklären kann, hat man ihn selbst nicht
verstanden!"

Ich bin ein Lehrer und wie ich finde – gar kein schlechter!
Meine Eltern hatten mir vor Jahren klar gemacht, dass
die Schauspielerei kein seriöser Beruf ist und dass ich
mir das „Rumgehampel" auf der Bühne aus dem Kopf
schlagen kann.
Sie haben mir das mit gepackten Koffern in unserem Flur
verdeutlicht und mir so die Folgen einer „falschen
Berufswahl" vor Augen geführt. Also bin ich Lehrer
geworden!

Michael Ende. Die unendliche Geschichte.
„Alles Getier im Haulewald duckte sich in seine Höhlen,
Nester und Schlupflöcher. Es war Mitternacht und in den
uralten, riesigen Bäumen brauste der Sturmwind. Die
turmdicken Stämme knarrten und ächzten.
Plötzlich huschte ein schwacher Lichtschein in
Zickzacklinien durchs Gehölz, blieb da und dort zitternd
stehen, flog empor, setzte sich auf einen Ast und eilte
gleich darauf wieder weiter.
Es war eine leuchtende Kugel, etwa von der Größe eines
Kinderballes, es hüpfte in weiten Sprüngen dahin,
berührte ab und zu den Boden und schwebte wieder
aufwärts.
Aber es war kein Ball. Es war ein Irrlicht. Und es hatte
den Weg verloren. Es war also ein verirrtes Irrlicht und
das gibt es in Phantasien ziemlich selten..."

Prudence und das Spiel des Lebens

So kam ich mir damals vor, als meine Eltern dabei waren,
mich aus ihrer Wohnung zu schmeißen.
Wie ein verirrtes Irrlicht.

Ich habe klein beigegeben. Ich habe meine Träume
gegen Sicherheit verkauft.
Doch jetzt bin ich wach!
Ich stehe als Lehrer an einer Straßenbahnhaltestelle und
sehe mich um: Es ist alles so sauber hier, so geleckt. Die
Straße stinkt ein wenig nach Benzin, während die
Herbstgeister den Himmel blank geputzt haben, sodass
er jetzt in tiefstem Blau erstrahlt. Der Papierkorb ist
angekokelt und drüben stehen zwei abgefackelte Autos.
Die Luft ist frisch und klar.
„Das machen die Jugendlichen also, wenn sie nicht
gerade in ihre Handys starren oder Deutschland sucht
den Superstar an-
schauen oder sich besaufen", denke ich. Und da finde ich
es wieder gut, dass heute Morgen alle so beschäftigt
sind, dass Drähte und Kabel aus ihren Ohren quellen und
dass ihnen irgendjemand sagt, auf welche Links sie
klicken müssen, um mit einem aufgehenden Bild oder
einer Melodie belohnt zu werden. So viele Belohnungen
am frühen Morgen, so viele neu geschaffene
Abhängigkeiten! So viel Zerstreuung!
Irgendwie habe ich dabei das Gefühl, als hätte man sie
einfach abgeschaltet und mein kleiner Dämon sagt zu
mir: Strom weg, Internet weg und mal schauen, was dann
passiert!

Prudence und das Spiel des Lebens

In anderen Ländern sind 40, 50 oder sogar 65 % (Griechenland) von ihnen arbeitslos. Da reicht das Geld dann tatsächlich nicht mehr für Handys, TV oder aber Computer. Und das ist ein Problem, denn da kann man es sehen, was Jugendliche machen, die nicht in Handys, Computer oder in die Glotze starren. Also: Computer und Handys für alle und es kann passieren was will, es interessiert niemanden mehr!
(Wir hatten keine Computer oder Handys damals …). Die Folge:
Wir haben Autos angezündet und Dinge abgefackelt, damals in den 68er 70ern. Wir wollten, dass die Welt allen gehört, wir wollten eine gerechte Verteilung des Besitzes. Wir wollten eine direkte Demokratie, in der mündige Bürger Entscheidungen treffen und nicht nur alle vier Jahre ein Kreuz hinter einem Namen auf einer Liste machen durften, die ein Parteivorsitzender zusammengestellt hatte. Wir haben gegen Atomkraft und Pershing demonstriert. Wir dachten, dass Liebe und Frieden die Welt ein wenig besser machen könnten. Und so versuchten die Polizisten uns Liebe einzuprügeln und wir ihnen. Eine ganze Jugend, die sich auflehnte, sodass sogar der französische Staat zu wackeln begann. Ich liebe die Franzosen! Wenn es um Revolution, um Auflehnung, um Gerechtigkeit geht, ist niemand so engagiert wie dieses Volk. In unserem Nachbarland war und ist immer noch alles möglich! Aber dann hat die Musikindustrie die Rockgruppen korrumpiert, die Anführer der Studenten kriminalisiert, die Demonstrationen

Prudence und das Spiel des Lebens

gewaltsam aufgelöst und mit gezielten Falschmeldungen in der Presse die öffentliche Meinung manipuliert Ich war dabei, als es gegen das Atomkraftwerk in Wyhl ging. Und ja, natürlich waren viele Jugendliche dort, aber es waren fast genauso viele Winzer. Die Polizei hat alles, was nach Landwirt aussah, einfach stehen lassen und nur Leute verhaftet, die unter 25 waren. Diese Verhaftungen wurden gefilmt und dann in den Nachrichten gezeigt. „Unter den Verhafteten befanden sich überwiegend Jugendliche und Studenten", sagte der Kommentator, während hinter ihm die Verhaftung von Jugendlichen und Studenten gezeigt wurde, allerdings ohne Ton, denn ansonsten hätte man die Bauern rufen hören: „Nehmt mich, nehmt mich, lasst die Jungen in Ruhe!" Und langsam, ganz langsam bekam man die Sache wieder in den Griff. Denn dass diese Jugendlichen, diese Kommunisten, diese Krakeeler den öffentlichen Frieden störten, ging ja wohl gar nicht. Jeden Tag Jugendliche im Fernsehen, die Steine auf Polizisten warfen, demonstrierten, brave Atomindustrielle schikanierten und das heiligste Heiligtum aller Deutschen, sein Auto anzündeten. Jeden Tag Transparente mit kommunistischen Sprüchen und die braven Bürger hatten den Eindruck, dass uns der Osten endgültig infiltriert und in seiner Gewalt hatte. Die Bilder im Fernsehen sprachen und sprechen noch heute für sich. 1979 Harrisburg (schön weit weg!). 1986 explodierte Tschernobyl (leider ziemlich nah), aber da waren wir schon so domestiziert, dass wir es hinnahmen, nicht mehr mit den Schuhen in die Wohnung zu dürfen. Die

Prudence und das Spiel des Lebens

Treppenhäuser voller Stiefel, bereit für ein Konzert für Geigerzähler und Orchester. Unsere Kinder konnten nicht mehr in den Sandkasten, ja, am besten war es sogar, sie nicht mehr an die frische Luft gehen zu lassen. Die Tagesschau erzählte uns, woher der Wind wehte und in den Regalen der Supermärkte war Obst und Gemüse verboten. Trotzdem durften und dürfen noch heute Manager ungestraft von „sicheren Atomkraftwerken" sprechen, obwohl wir nach 2011 (Japan) eigentlich endgültig aufgewacht sein müssten. 2022 rücken die Russen auf ukrainische Atomkraftwerke vor und die Welt hält den Atem an und ein paar Tage später gibt es Politiker, die wollen, dass wir unsere Abhängigkeit von russischem Gas und Öl durch Atomkraftwerke sichern. Vor so viel Dummheit kann man nur den Kopf schütteln. Aber niemand wird solche verantwortungslosen Typen je bestrafen. Denn:
Wer die Medien beherrscht, regiert die Welt und kann die Konsequenzen seiner Handlungen umgehen!
Klar war es naiv, im Stadtgarten zu sitzen, zu saufen oder zu kiffen, „House of the Rising Sun" zu singen oder „We shall overcome" und dabei zu hoffen, dass die Welt brüderlicher oder friedlicher wird. Aber irgendwie war es auch cool und wenn du einmal gehört hast, wie mehrere Tausend „We shall overcome" singen, bevor sie in eine Polizeiabsperrung donnern, vergisst du das nie!
Außerdem gab es sie noch: Die Phantasie, die Vorstellung einer idealen Welt, selbst wenn diese kindisch oder unvollkommen war. Wir hatten ein

gemeinsames Ziel! (Nietzsche wäre stolz auf uns gewesen!).

Putin zertrümmerte 2022 viele dieser Ideale und die grüne Partei verlor zu diesem Zeitpunkt endgültig ihre politische Unschuld oder Naivität? Irgendwie schade, denn es waren die richtigen Gedanken, die richtigen Ideale, die wir trotzdem, auch wenn wir sie gerade nicht leben können, nicht vergessen sollten! Corona beendete dann auch noch die „Friday for Future" Bewegung, die so viel hätte bewirken können und in der sich Jugendliche endlich wieder politisch betätigt hatten. Das Ende der Rettung der Welt? Zu dramatisch?

Zurück zu den 70ern. Eine komische Zeit. Meistens vertrugen wir uns mit den Polizisten ziemlich gut und die waren auch gegen Atomkraft und kannten die Evakuierungspläne, falls es schief ging und wollten auch nicht, dass ihre Kinder Krebs kriegten, aber dann bekamen sie ihre Befehle und wir gingen aufeinander los. Ich hätte als 18-jähriger auch einfach meine Koffer nehmen und gehen können, aber ich habe es nicht getan!

Fred malt wieder

„Wie lange bist du schon zurück?", frage ich Fred und ich stelle mich neben ihn, um nicht schreien zu müssen.

„Seit einer Woche", sagt Fred.

„Wie war das?"

Fred fügt dem Meer noch mehr Blau hinzu und verleiht der ruhigen Fläche Wildheit und eine unbändige Kraft.

„Ich kann jetzt wieder schlafen", sagt Fred.

„Das ist gut."

Der Maler nickt. „Schon am ersten Tag, nachdem ich dort war, habe ich durchgeschlafen."

Fred streicht seine dichten, schwarzen Haare über die beginnenden Geheimratsecken nach hinten.

Fred hat es nicht leicht. Seine Ex-Frau ist gestorben. Krebs. Er hat es bis zuletzt nicht geglaubt, auch nicht, als er sie wie ein kleines Kind zusammengerollt, abgemagert und verbraucht, tot auf dem Bett im Krankenhaus gesehen hat. Aber er hat den Schmerz seiner jetzt erwachsenen Kinder gespürt, die ihre Mutter verloren hatten und sein eigenes Erschrecken über die Vergänglichkeit des Lebens. Nachts hat er wach gelegen und nicht mehr geschlafen.

Sie waren schon sehr lange getrennt gewesen und Fred hatte seine Tochter seit einigen Jahren allein großgezogen, bis sie sich mit 21 eine eigene Wohnung nahm. Sein Sohn war jedes Wochenende bei ihm und Fred war nie schwach gewesen. Er hatte seine Kinder beschützt, war immer für sie da und war der Baum, der in einem großen Garten stand und Schatten spendete.

Prudence und das Spiel des Lebens

Als er wegen seiner Schlaflosigkeit für vier Wochen in die Klinik ging, war es ihm vorgekommen, als habe er sie im Stich gelassen und das, obwohl sein Sohn bereits 18 und seine Tochter 22 Jahre alt waren. Er hatte zum ersten Mal nicht funktioniert, war er nicht stark gewesen, wie er es eigentlich von sich erwartet hatte.
Er war geflohen. Plötzlich war neben seiner Welt noch eine zweite aufgetaucht. Eine Welt, in der keiner dem anderen etwas vormachen musste, schließlich war man in einer psychosomatischen Klinik. So hatte Fred dort schnell auch Freunde gefunden. Sie standen auf dem großen Balkon, rauchten, erzählten sich ihre Lebensgeschichten, gingen zusammen spazieren und versuchten sich gegenseitig aus ihrer Erstarrung zu helfen. Und Fred hatte außer der Malerei noch ein weiteres Hobby entdeckt! Stundenlang war er in der Werkstatt der Klinik und bearbeitete ein Stück Holz. Er vergaß dabei die Welt, seine Sorgen alles, was um ihn herum war. Da war nur dieses Stück Holz, sein Werkzeug, der Geruch von Rinde und Baum und er. Und was das Beste war, dieses Stück Holz war zufrieden, dass er es bearbeitete, es war ihm egal, wie gut er das tat und Fred genoss das! Er war jetzt da. Es gab keine Zukunft oder zukünftigen Aktivitäten, welche die Gegenwart auffraßen, keine Vergangenheit, die einen Schleier vor „die Realität" ziehen konnte. Das Leben behauptete sich mit aller Beharrlichkeit und ließ sich nicht mehr so leicht vertreiben. Holz, Fred, Leben, Jetzt.
In letzter Zeit war es ihm immer schwerer gefallen, sich auf die Malerei einzulassen, weil er gut war, ständig das

Prudence und das Spiel des Lebens

Beste von sich forderte und dabei irgendwann sogar den
Spaß und die Freude daran verlor. In dieser Werkstatt, an
diesem Stück Holz holte er sich auch die Malerei zurück.
Farben, Fred, Leben, Jetzt.
Die Erstarrung wich.
„Mein Sohn", sagte Fred. „Ist in den letzten Tagen so
erwachsen geworden. Er wird mit Freunden zusammen
in eine Wohnung ziehen und er wird bald studieren!"
Ich betrachte Fred, wie er malt. Irland (schon wieder!),
ein aufgewühltes Meer mit einer Straße aus Gold und
Möwengekreisch und einem Wind, der sich wie
Peitschenschläge anfühlt und ich denke an ein Gedicht
von Hesse:

Wir sollen heiter Raum um Raum durchschreiten,
an keinem wie an einer Heimat hängen ...

Mai 89. Der Morgen danach

Ich erwache als Schauspieler und bin allein.
Nicht ganz, denn immerhin hat Prudence den Duft, der sie wie ein feiner Frühlingsnebel umgab, auf meinem Körper, in den Kissen und Laken zurückgelassen.
Verschwunden, so wie sie es gesagt hat. „Ich bin ein Traum und nichts von dem, was jetzt passiert ist Wirklichkeit!"
Einen Tag später. Prudence ist wiedergekommen. Sie war wütend, sie war außer sich und hätte mich am liebsten geschlagen, das habe ich ihr angesehen.
„Du bist viel zu klein für mich", zischte sie. „Du bist dünn wie eine Bohnenstange! Was mache ich hier, verdammt ich muss gehen!" Prudence drehte sich um, nur um dann meine beiden Ohren zu packen, sich zu mir herunterzubeugen und mich leidenschaftlich zu küssen.
Prudence ist geblieben.
Sie atmet ruhig und gleichmäßig. Ihr wunderschönes Gesicht halb von ihren Haaren bedeckt. Lippen voll und fein geschwungen.
Sie spürt es, wenn ich sie ansehe und schlägt die Augen auf. Bergseenblau. Auch unsere Kinder, die wir gemeinsam noch bekommen werden, haben diese Augen, (jedenfalls hoffe ich das).
Ich schüttle den Kopf. Kinder? Prudence ist gerade eben zum zweiten Mal hier!
„Ich werde mit Wolfgang reden", sagt sie und küsst mich auf den Mund.
Das ist alles, was sie sagt, bevor sie ihren schlafwarmen Körper an den meinen drängt.

Prudence und das Spiel des Lebens

Später stehen wir auf und ich richte das Frühstück für die
Kinder, die in die Schule müssen.
Natürlich kennen sie Prudence.
„Bist du jetzt Papas Neue?", fragt Rebecca.
„Ja."
„Ich hoffe, du lässt nicht überall deine Schlüpfer
herumliegen, wie die Letzte!"
„Rebecca!"
Prudence lächelt. „Keine Angst", sagt sie. „Ich nehme dir
Papa nicht weg!"
Ich bin glücklich. Wie sie so dasitzen, meine Kinder und
Prudence. Wie ihre Augen leuchten, wenn sie mich
anschaut. Endlich wieder dieses Gefühl von Familie, das
ich so lange vermisst habe. Auch das einer jener
Momente in meinem Leben, in denen ich wortlose Nähe
verspüre. Alles, was bisher noch in meinem Kopf war:
Erfolg, Abwechslung, Geld, Macht und Ansehen
verschwindet. Ich bin dort, wo ich sein soll, ich tue das,
was für mich bestimmt ist, ich bin glücklich! Das Beste
daran: Ich weiß es! Ich fühle es so deutlich, wie man den
Wind in einer lauen Sommernacht spürt, ohne ihn zu
sehen oder etwa zu hören. Meine Tochter, mein Sohn
und ich - und Prudence mit ihrem schönen, ovalen
Gesicht. Grüne Tochtersonnen, die mein Leben
bescheinen. Die blaue Himmelswärme meines Sohnes
und Bergseen so tief, dass ich alles darin finden kann,
was ich mir je erträumte. Und auch zwei braune
Hundeaugen, die mich schon von meiner Geburt an
begleiten.

Prudence und das Spiel des Lebens

Damals: (Ich bin 18 Jahre alt)
Ich habe es doch getan!
Ich habe die Koffer genommen, wortlos. Bin zum Aufzug
gegangen, ohne mich noch einmal umzudrehen und
meine Eltern haben die Tür geschlossen. Schluss mit
dem Geschwafel von Sicherheit und dem, was man tut
oder nicht tut. Schluss mit den Träumen von einem
Einfamilienhaus, der sicheren Rente (wann
eigentlich???), dem Urlaub in der Karibik, dem dicken
Auto, dem Traum ein Topmanager mit Spitzengehalt oder
ein Politiker mit Macht zu sein. Wenn du tust, was alle tun
(eine Rolle aus der Garderobe nehmen und sie
anziehen), haben andere Macht über dich und dein
Leben. Jetzt musst du dich an Regeln halten, die andere
gemacht haben, kannst nur noch das bekommen, was
alle bekommen. Jetzt ist alles vorgezeichnet! Die
Belohnung? Sicherheit! Es gibt endlich eine
Gebrauchsanleitung. Jeder weiß, was er zu tun hat!
Das wollte ich nicht!
Der Preis? Keine Sicherheit, Einsamkeit und Angst!
Ich war allein. Ich streckte nicht mehr die Füße unter
Vaters Tisch, musste das Denken nicht mehr den Pferden
überlassen, weil sie größere Köpfe hatten, sollte es nicht
mehr „einmal besser" haben. Ich war als Sohn gefeuert!
Den Erwartungen nicht gerecht geworden. Ein Versager
wie mir meine Mutter nachrief und das alles nur, weil ich
nicht in den Anzug geschlüpft bin, den sie für mich
vorbereitet hatten.
Ich habe bei Freunden gelebt. Der Klub der Verstoßenen.
Ich bin Taxi gefahren. Ich habe als Briefträger und

Prudence und das Spiel des Lebens

Paketzusteller gearbeitet. Im Frühjahr habe ich mit
polnischen Landarbeitern Spargel gestochen, im Herbst
bei der Traubenernte geholfen und ich habe
Schauspielerei studiert! Und jetzt (Oktober 89) bin ich
hier.
Ein Schauspieler.
Eine meiner ersten Hauptrollen in dem Stück „Trotz aller
Therapie" von Christopher Durang.
Ich spiele Dr. Stuart Framingham, den Psychiater, der viel
zu schnell kommt, Komplexe hat und möglichst viele
Patientinnen flach zu legen versucht.
Eine schwierige, trostlose und erst einmal
unsympathische Figur. Machogehabe, Cowboystiefel,
offenes Hemd mit schwarzer Brustbehaarung,
Goldkettchen. 34 Jahre alt, angegraut, Glatze. (Ich bin
also doch kein Lehrer geworden?)

Prudence und das Spiel des Lebens

September 92. **Drei Jahre später. So hätte ich mir die Zukunft vorgestellt!**
Ein kleines, uraltes Haus. Zartgelbe Wände mit von der Sonne gebleichten, blaugrünen Fensterläden unter mir. Ein kleines Tal, ein kleiner Fluss. Gartenmöbel auf der Wiese. Der Tisch mit einer knallroten Decke. Kirchenglocken läuten. Das Dach voll Moos, die untere Hälfte des Hauses von Bäumen überwuchert. Vögel pfeifen und der Wind berührt sanft meinen Nacken. Vor dem Haus eine große Wiese. Baumumrahmt und leuchtend grün. Ameisen, die auf Steinen krabbeln und die Sonne wärmt meine Haut. Ich stelle mir vor: Das Innere des Hauses lichtdurchflutet. Die Möbel helles Holz. Prudence, blond gezopft, strahlt wie der Frühling an diesem Tag und vor dem Haus auf der baumumrahmten, leuchtend grünen Wiese spielen unsere Kinder. Ein Mädchen blond, ein Junge, blond, mit den Bergseenaugen ihrer Mutter. Ein weißes Tor aus Holz. Die große Wächterbuche. Meine beiden Kinder sind im Haus.
Ich bin glücklich und liebe es mir mein Glück manchmal von hier oben aus anzusehen. Ich sehe, wie mein Sohn, jetzt zehn Jahre alt, mit zwei Freunden aus der Tür kommt und einen Ball mit einem mächtigen Schlag auf die Wiese drischt.
Sekunden später rennen sie erhitzt und selbstvergessen über das Gelände. Ich weiß, dass sie jetzt Beckenbauer, Günter Netzer oder Tante Käthe sind.
Auch meine kleine Tochter lebt bei uns. Zwei Jahre schon. Sie hat sich nach der Trennung mit ihrer Mutter

überworfen. Grüne Augen, blondes Haar, der Gang einer Tänzerin und in der Pubertät. Ich kann sie nicht erziehen, aber wir treffen Vereinbarungen und halten uns daran. Ich gebe ihr keine Befehle, sondern mache Vorschläge. Ich lasse alles, was sie tut, gelten, sage ihr aber meine Meinung dazu. Entscheiden muss sie dann selbst und ich trage alles mit, selbst wenn ich weiß, dass es falsch ist. Ich gebe auch ihr Geborgenheit und Sicherheit sowie Unterstützung, soweit ich das kann. Und meine Liebe. Ich kann sie von hier oben aus nicht sehen, weil sie mit ihren Freundinnen im Haus ist. Vermutlich schauen sie gerade zum 20. Mal Sissi oder Pretty Woman an.
Ich sitze auf meinem Lieblingsplatz. Ein roter Käfer. Steine als Platten. Rechteckig verschoben vor der kleinen Kapelle. Gotische Bögen, das kenne ich und vor mir das Haus. Prudence und die Kinder. Prudence mit ihren langen, blonden Haaren, sehr groß, sehr weiblich, blaue Augen, eine freche, gerade Nase. Ein schöner Hals. Lippen, die ich gerne küsse und Zähne weiß wie Perlen.
So hätte es kommen können!

Prudence und das Spiel des Lebens

Fred malt. 1989

Ein Fluss, der wie eine breite Straße durch eine Allee von Bäumen fließt. Daneben und unter den dichten Kronen ein schmaler Weg, der sehr gepflegt am Ufer entlang verläuft. Ein breiter Streifen Wiese, grün mit Butterblumen, Löwenzahn und lila Klee. Die Stämme über dem Strom sonnenbeschienen, leuchten. Gelborange. Die Luft ist feucht und frisch vom Morgentau. Die Kronen Blätterdächer über dem Fluss und man hat den Eindruck eines Säulengangs in einer leeren Kirche. Fast glaubt man, Schritte auf Steinboden zu hören, aber da ist nur Erde und Kies auf dem Weg. Zwei Ruderboote braun, das Innere tiefblau, liegen ruhig und majestätisch auf dem Wasser, das grün vom Spiegelbild der Böschung und hell, vom Schein der Sonne und den orangegelben Bäumen klar und hell zum Meer hinfließt.

„Weißt du", sagt Fred und nimmt den Pinsel wieder in die Hand. „Ich hatte meine grünen Inseln, meine stillen Orte, die mir meine seelische Gesundheit bewahrt haben und die wichtigste davon war meine Oma!"

Fred macht eine Pause und arbeitet im Vordergrund die Blätter deutlicher heraus.

„Erst jetzt als Erwachsener fällt mir auf, dass Opa, von dem ich beinahe keine körperliche Empfindung mehr habe, immer im Gästezimmer übernachten musste, wenn ich kam, denn ich schlief in seinem Bett."

Fred seufzte. „Heute tut mir das ein wenig leid, aber so konnte ich ungestört den Geschichten, die mir Oma erzählte, zuhören. Geschichten vom Krieg, von

Gespenstern, von seltsamen mysteriösen
Begebenheiten. Auch Opa erzählte mir auf unseren
Spaziergängen vom Krieg, denn er war Berufssoldat und
hatte den ersten und den zweiten Weltkrieg mitgemacht.
Soweit ich mich erinnere, war er Hauptmann eines MG-
Zugs gewesen. Opa war ein wenig seltsam, weil er bei
einem Gefangenentransport einen Unfall hatte und auf
den Kopf gefallen war. „Dieser kleine Gefreite", sagte er
immer wieder. „Dieser Idiot, der weder von Taktik noch
von Kriegsführung die geringste Ahnung hatte, überfällt
doch glatt Russland. Was für ein Wahnsinn! Natürlich
hätten wir Russland erobern können, aber doch niemals
halten! Dazu waren wir viel zu wenige!" Und dann zählte
er in der Regel allen Mist auf, den „dieser kleine Gefreite"
verbockt hatte, was ihn als Berufssoldaten natürlich
maßlos ärgerte. Er durfte das nur auf den unzähligen
Spaziergängen, die er, sein Dackel und ich unternahmen
tun, denn Oma war bei der Gestapo gewesen und wenn
sie es auch nicht offen äußerte, noch immer ein treuer
Anhänger „ihres Führers".
Fred betrachtet sein Bild, das jetzt die Stimmung eines
frischen, gerade eben erwachten Sommertages
ausstrahlt. Wir stehen in seinem lichtdurchfluteten Atelier
und sehen uns an. Und mir fällt Kazantzakis ein: „Sie
haben Ihren Pinsel und Farben. Sie malen das Paradies
und dann betreten Sie es!"
Das ist es, was Fred tut. Er malt das Paradies und wir
betreten es. Die Frage ist nur, ob wir das auch begreifen.
Und manchmal - manchmal malt er auch die Hölle.

Prudence und das Spiel des Lebens

Fred erzählt weiter. „Nun gut, Opa schlief also im Gästezimmer und ich neben seiner Frau, die ihre Söhne gnadenlos in den Krieg schickte und selbst bei der Gestapo war. Aber sie liebte mich, beschützte mich ein paar Wochen im Jahr vor meinem Vater, der als SS-Offizier nach 5 Jahren sibirischem Gefangenenlager Ordnung und Disziplin in der Familie mit Prügeln und Strafen aufrechterhielt und einer Mutter, die uns beständig erklärte, was sie mit uns gemacht hätte, wenn sie gewusst hätte, was da aus ihr herauskäme". Fred lächelte schwach. „Die Gestapo beschützte mich zumindest in den Ferien vor der SS und einer manisch-depressiven Mutter!
Nach den Ferien ging es dann für uns nach Sibirien zurück."
Fred betrachtet sein Bild. „Wie findest du es?"
„Es ist das Paradies", sage ich.
Fred lächelt und streicht sich über seinen Oberlippenbart.
„Meine größte Aufgabe im Leben ist es, die Erziehung meiner Kinder nicht in einem sibirischen Gefangenenlager stattfinden zu lassen! "Das tust du nicht", antworte ich.
Fred seufzt. „Ich kann heute noch keine Filme anschauen, in denen Gewalt gegen Kinder oder Frauen oder überhaupt Schwächere praktiziert wird, ohne dass mich maßloses Grauen überfällt!"
Ich nicke. Fred ist kein Weichei. Er hat früher erfolgreich geboxt und nie Angst gezeigt.
„Wenn es nach mir ginge, müssten alle Männer ihre Konflikte in einem Boxring austragen", sagt Fred wohl

Prudence und das Spiel des Lebens

zum tausendsten Mal. „Da kommt es dann nicht darauf
an, ob du noch zehn Kumpels mitbringen kannst, die
gemeinsam einen einzigen verprügeln oder ob du eine
Knarre hast oder viel Geld, damit andere deine
Psychosen für dich austragen müssen. Nein, dann hast
du nur ein paar Handschuhe, ein paar Regeln und deinen
Gegner vor dir. Glaub mir Stan", sagt Fred. „Wenn diese
Feiglinge sich nicht mehr hinter ihren Knarren und
Armeen verstecken könnten, wäre die Welt „schlagartig"
ein besserer Ort!"

Prudence und das Spiel des Lebens

1992 findet nicht statt. Stattdessen März 1990
Prudence ruft mich an. Ihre Stimme ist müde und
verzweifelt. „Wolfgang ist in der Nacht
zusammengebrochen", sagt sie. „Er liegt im
Krankenhaus."
Ich halte den Telefonhörer in der Hand und weiß schon
jetzt: Sie wird bei ihm bleiben, sie wird Wolfgang nicht im
Stich lassen und wenn sie es täte, hätte ich die ganze
Zeit die Falsche geliebt!
„Was ist passiert?"
Und Prudence erzählt, wie sie im Restaurant zusammen
zu Abend gegessen haben und wie Wolfgang plötzlich
umgesunken ist.
„Einfach so", sagt Prudence, „ohne Vorwarnung!" Und sie
weint. Sie ist verzweifelt.
„Soll ich zu dir kommen?"
„Nein", sagt Prudence.
„Du weißt, dass du jederzeit anrufen oder aber
vorbeikommen kannst?"
„Ja, danke Stui."
„Ich bin nicht Stui."
Prudence sagt nichts.
„Prudence."
„Es zerreißt mich Stui", sagte sie. „Ich liebe euch beide!
Aber Wolfgang braucht mich jetzt. Ich werde ihn niemals
im Stich lassen, das weißt du."
„Ja."
„Wir werden nicht mehr miteinander reden, wir werden
uns ab heute nicht mehr kennen, wir werden so tun, als
hätte es uns nie gegeben, sonst stehe ich das nicht

durch, verstehst du? Und fass mich ja nicht mehr an.
Nicht ein bisschen hörst du? Bleib verdammt noch mal
ganz weit von mir weg!"
Ich verstehe und verstehe es nicht. Ich weiß nur eines:
Nach der Tänzerin hat mich nun auch Prudence
verlassen!
„Wenn du mich wirklich liebst Stui, dann tust du mir
diesen Gefallen!"
„Ja", sage ich und Prudence legt auf.
Dr. Stuart Framingham, Stanislav Koschmelsky und auch
der Lehrer wissen, dass dies endgültig ist und dass sich
daran nichts mehr ändern wird. Prudence ist nach zehn
Monaten, in der sie eine Dreierbeziehung hatte, von der
Wolfgang nichts wusste, (denn selbstverständlich hat sie
nie mit ihm geredet), zu ihm zurückgekehrt.
„Prudence ..." Ich wundere mich, wie schnell sich das
Leben von einer Sekunde auf die andere ändern kann!

Prudence und das Spiel des Lebens

Fred, 34 Jahre später. Das Interview
(Im Gespräch mit einem sehr jungen Reporter in einer
Bar mit großen Spiegeln, einer blank geputzten
Messingtheke und grünen Ledersesseln, vor denen
kleine runde Tische stehen.

Reporter: Also die Affäre von Dr. Stuart Framingham
begann irgendwann 1989.
Fred: Genau.
Reporter: Wissen sie wann?
Fred: Nein.
Reporter: Aber, dass sie im März 1990 geendet hat, ist
richtig?
Fred: Ja. Dort hatte Wolfgang seine Gehirnblutung.
Warum wollen sie das alles so genau wissen?
Reporter: Es ist doch wichtig zu verstehen, warum eine
Berühmtheit wie Stanislav Koschmelsky so etwas getan
hat.
Fred: Wir tun, was wir tun und erfinden hinterher eine
Geschichte dazu.
Reporter: Das verstehe ich nicht.
Fred: Nehmen wir einmal an, ich träume. Ich reite auf
einem Pferd über die Steppe. Es ist ein schöner Tag, ein
schönes Tier und ich genieße den Ausritt. Ich reite lange
und atme die frische, klare Luft. Plötzlich stolpert mein
Schimmel. Ich fliege durch die Luft und lande unsanft auf
dem Hintern. Ich schlage die Augen auf und stelle fest,
dass ich geschlafen habe. Ich bin aus dem Bett gefallen
und mein Unterbewusstsein hat im Bruchteil einer
Sekunde eine Geschichte erfunden, die meinen Schmerz

erklärt. Eine Geschichte, die nach meinem Empfinden vor dem Sturz stattgefunden hat.

Reporter: Sie meinen ...

Fred: Dass unser Unterbewusstsein für fast alles im Nachhinein eine Geschichte erfindet, welche erklärt, warum etwas passiert ist und das so schnell, dass wir glauben, sie sei schon vorher da gewesen.

Reporter: Na gut und was für eine Geschichte haben sie erfunden, um zu erklären, was sie tun?

Fred: (steht aus seinem grünen Ledersessel auf und läuft an die blank geputzte Messingtheke). Einen Kaffee bitte. (Dann dreht er sich um) Wollen sie auch einen?

Reporter: Gerne.

Fred: Dann zwei Kaffee!

Kellner: (nickt) Zwei Kaffee.

Fred: Bringen sie ihn an den Tisch?

Kellner: Ja.

Fred: Ich selbst hasse komplizierte Geschichten. (Er läuft zu dem kleinen, runden Tisch zurück, von denen eine ganze Menge hier herumstehen und setzt sich wieder in seinen grünen Sessel, von denen es hier auch jede Menge gibt.)

Reporter: Also?

Fred: Also was?

Reporter: Ihre "im Nachhinein" erfundene Geschichte. Warum leben sie?

Fred: Ich lebe, weil ich lebe.

Reporter: Kommen sie, das ist doch keine Antwort und schon gar keine Geschichte!

Prudence und das Spiel des Lebens

Fred: Nein?
Reporter: Nein.
Fred: Was erwarten sie von mir, dass ich jetzt etwas von göttlicher Fügung oder Reinkarnation erzähle?
Reporter: (trinkt einen großen Schluck Kaffee. In der Zwischenzeit ist die verglaste Eingangstür ein paar Mal auf und zugegangen und es sind ein paar Gäste hereingekommen, die sich ans andere Ende des Raumes gesetzt haben, weil sie sich ungestört unterhalten wollen.)
Reporter: Sie leben also damit sie leben?
Fred: Ja, genau. Mehr weiß ich leider auch nicht und mehr habe ich trotz alles Nachdenkens nicht herausbekommen. Also halte ich es da mit diesem buddhistischen Mönch, dessen Name mir entfallen ist. (Zitiert: Du musst essen, scheißen und schlafen. Mehr ist nicht nötig."
Reporter: Sind sie Buddhist?
Fred: Nein.
Reporter: Und mehr wissen sie auch nicht?
Fred: Leider nein. Oder doch. Lieben ist noch wichtig und dass wir die beschützen, die uns im Leben anvertraut werden.
Reporter: So wie Koschmelsky die Orlov beschütze, indem er ihren Mann erschoss?
Fred: Koschmelsky und die Orlov kannten sich überhaupt nicht!
Reporter: (seufzt) Na schön, na schön. So wie Dr. Stuart Framingham diesen … (hebt den Kopf) Wie hieß Ackermann noch mal in dem Stück?

Prudence und das Spiel des Lebens

Fred: Bruce.
Reporter: Also sowie Dr. Stuart Framingham Bruce umgebracht hat, um (ringt nach Worten) seine Geliebte Prudence zu beschützen?
Fred: So langsam verstehen sie es.
Reporter: (verzweifelt) Aber Koschmelsky war doch seit Jahren gar nicht mehr Framingham. Er war Koschmelsky oder eine seiner anderen Rollen und Prudence war nicht mehr Prudence, sondern die Orlov. Keiner von beiden hatte je wieder etwas mit diesen alten Figuren zu tun gehabt!
Fred: Sie waren doch einmal Student oder?
Reporter: Ja.
Fred: Nun einmal angenommen, sie haben als Student jemanden geliebt. Ist das denn vorbei, nur weil sie kein Student mehr sind?
Reporter: Nein.
Fred: Der Student in ihnen liebt noch immer die Studentin, obwohl sie das Mädchen vielleicht gar nicht mehr wiedergesehen haben?
Reporter: Ja.
Fred: Fred: Und wenn sie an sie denken, sind sie meistens gefühls- und gedankenmäßig wieder an der Uni oder?
Reporter: Ja.
Fred: Und empfinden wieder ein Stück weit wie damals?
Reporter: Ja.
Fred: Genauso war es mit Koschmelsky. Wenn er an Prudence dachte, war er wieder Dr. Stuart Framingham und der Doktor hat, obwohl er ein absoluter Vollidiot war,

Prudence und das Spiel des Lebens

seine Prudence geliebt und es niemals zugelassen, dass
ein anderer ihr weh tut!

Prudence und das Spiel des Lebens

**1989, Februar. *Der Schauspieler und die Tänzerin vor
der Trennung***
Oft betrachte ich heimlich die Tänzerin. Sie ist so schön,
so aufregend, aber ich kann außer unseren Hüllen,
unseren ewig gleichen Abläufen und den immer gleichen
Problemen doch nichts mehr sehen. Die Tänzerin schläft
und ich weiß, dass wir die Situation nicht mehr retten
können. Dabei hätten wir objektiv gesehen alles gehabt,
um glücklich zu werden: Sie als Tänzerin und ich als
Schauspieler! Genug Sicherheit, zwei wundervolle
Kinder, einen treuen Hund und das ganze Leben noch
vor uns! Was um Himmelswillen lässt uns nur dieses
dumme, selbstzerstörerische Spiel spielen? Warum
geben wir diese blöden Automatismen, diese Rollen, die
nur ums Recht haben und um Schuldzuweisungen gehen
nicht einfach an der Garderobe ab und spielen ein neues
Spiel, ein neues Stück?
Sind wir unter diesen Rollen nicht alle gleich? Haben wir
nicht alle diesen gemeinsamen Untergrund, der das Ich
die Rolle erschafft?
Ich stelle mir vor.
Ein Regisseur: „Kommt Kinder, ich weiß ja, dass ihr die
letzten 10 Jahre dieses Erfolgs- oder Misserfolgsstück
aufgeführt habt. Aber seht euch um. Keine Zuschauer
mehr, die Leute haben es satt, es ist gähnend langweilig
geworden. Kein Mensch sieht sich dieses Stück mehr als
zweimal an, dann will er etwas Neues sehen! Klar könnt
ihr in eine andere Stadt auf eine andere Bühne gehen,
aber wollt ihr euch nicht auch mal wieder neu
definieren?" Der Regisseur knallt uns die neuen Skripte

auf den Tisch. „Das sind die neuen Rollen, ab jetzt liebt ihr euch heiß und innig und seid nicht mehr das zerstrittene, rechthaberische Paar, das die alten Rollen der Eltern angezogen hat. Ihr freut euch jeden Morgen, wenn ihr aufwacht und dem anderen in die Augen blicken könnt. Ihr müsst einfach anders reden, eure Körpersprache muss eine andere werden und und und. Na los, die Rollen und der neue Text lernen sich nicht von selbst! Ihr wisst doch, dass Komödien einfach nur verpatzte Tragödien sind!"

Und wir ziehen die neuen Rollen an und wir lernen, wie es sich anfühlt, wenn man sich mag. So einfach könnte es sein!

Ich betrachte also die Tänzerin, die im Schlaf lächelt. Sie ist so schön, so vollkommen so voller Möglichkeiten und es ist schade, dass sie gleich aufwachen und sich dann erinnern wird: Sie wird sich an ihre Kindheit erinnern, an ihre Mutter, ihren Vater und dass ihre Mutter, vor allem die ihr das Leben versaut hat. Dann wird ihr Blick auf mich fallen und es wird eine weitere Person geben, die zwischen ihr und dem Leben steht. Sie wird mir Vorwürfe machen und ich werde mich verteidigen und wir werden unsere Rollen spielen und nicht mehr ausbrechen können, weil uns die Phantasie, die Vorstellung von einem anderen Leben fehlt und vielleicht auch der Wille und die Vorstellung und das Vertrauen, um es gemeinsam noch einmal zu versuchen!

Jedenfalls hat sie einen Traum: Elfengleich auf einer Bühne, quasi schwebend ihr Leben zu verbringen. Die

Prudence und das Spiel des Lebens

Musik zu spüren, den Rhythmus zu leben und von allem losgelöst einfach nur sie selbst zu sein. Ich habe sie im Theater kennengelernt, – wo sonst. Eine Jazzdancetruppe. Sie haben nach uns geprobt und schon während sie auf der Bühne Aufstellung nahmen, fiel sie mir auf. Blonde Weizenfeldhaare. Eine wunderschöne, durchtrainierte Figur. Bewegungen wie die einer Katze. Und sie war glücklich, wenn sie tanzte, das konnte ich sehen! Sie war eine Tänzerin und während sie tanzte, war sie echt, war sie tatsächlich auf der Welt. Nichts konnte ihr etwas anhaben, nichts konnte sie verletzten! Reines Potenzial!
Das Stück: Staying alive! Sie war so lebendig, so beweglich, so voll Kraft! Ich dachte also: Wow, während ich ihre Bewegungen gebannt verfolgte. Wow, dachte ich, die hat es geschafft, die hat den Sinn, den Urgrund des Lebens gefunden! Und das hatte sie! Aber niemand kann nur tanzen!
Ich betrachte also heimlich die Tänzerin (die jetzt gerade nicht tanzt) und die so schön und friedlich vor mir liegt und stelle mir den Regisseur (schon wieder) vor und höre (schon wieder), was er sagt: „Kommt Kinder, ich weiß ja, dass ihr die letzten 10 Jahre dieses Erfolgs- oder Misserfolgsstück aufgeführt habt. Aber seht euch um. Keine Zuschauer mehr, die Leute haben es satt, es ist gähnend langweilig geworden ...“
Ja doch!
Warum wir geheiratet haben? Ich denke, dass jeder von uns die Verantwortung für sein eigenes Glück, das man allein nicht gefunden hatte, abgeben wollte. Ich dachte

Prudence und das Spiel des Lebens

wohl, dass ich ab sofort das Glück von meiner Frau erwarten könnte. „Mach mich gefälligst glücklich!" Und sie dachte vielleicht das Gleiche. Und da wir nicht glücklich wurden, hatte wohl ganz offensichtlich der jeweils andere versagt!

Die Tänzerin spürt es, wenn ich sie ansehe und sie erwacht. Sie ist glücklich und strahlt, doch dann passiert es: Sie erinnert sich: An ihre Kindheit, an ihre Mutter und dann auch an mich. Die blauen Augen werden dunkel und das Strahlen erlischt. Ich begreife: Erinnerung tötet die Gegenwart und macht eine Zukunft unmöglich! Sie schließt die Augen.

Ich lasse sie schlafen und gehe zur Probe. Ich spiele eine zuerst fremde später, je mehr ich übe, vertraute Rolle und ich bin irgendwann Dr. Stuart Framingham. Ich bin es so sehr, dass mich später alle hassen und ich aufpassen muss, auf der Straße nicht von Zuschauern des Stückes angespuckt zu werden.

Es ist ein kleines Theater mit gerade einmal 250 Sitzplätzen. Der Zuschauerraum leicht abgeschrägt zur ebenerdigen Bühne hin. Es gibt keinen Orchestergraben und keine erhöhte Spielfläche. Nur der Übergang von dunklem Teppichboden zu hellen Metallfliesen bezeichnet die Grenze, die Zuschauer und Schauspieler trennt.

Wir laufen durcheinander und singen unsere Rollen, während weiter oben mein kleiner, siebenjähriger Sohn mit Autos spielt, meine elfjährige Tochter auf dem Fußboden ihre Hausaufgaben macht, oder in Büchern blättert, oder missbilligend zu uns herüberschaut: Wie können sich Erwachsene nur so albern benehmen!

Prudence und das Spiel des Lebens

Ich weiß, dass mich die weibliche Hauptrolle liebt. Sie ist das, was man auf den ersten Blick als germanisch beschreiben würde. Einen Kopf größer als ich, (ohne Schuhe), langes, kräftiges, weizenblondes Haar. Rundliche Brille. Eine sehr weibliche Figur und 100 % Frau! Und meine Tänzerin wird mich verlassen, wird einfach aus meinem Leben tanzen und ich kann nichts dagegen tun, weil ich in meinem Privatleben nicht aus der Rolle fallen kann! Und das, obwohl ich Schauspieler bin. Es ist eine Schande!

Prudence und das Spiel des Lebens

Fred, 34 Jahre später. Das Interview
(Im Gespräch mit einem sehr jungen Reporter in einer
Bar mit großen Spiegeln, einer blank geputzten
Messingtheke und grünen Ledersesseln, vor denen
kleine runde Tische stehen.

Reporter: (seufzt). Gut, das habe ich jetzt verstanden.
Fred: Also. Die Gehirnblutung Ackermanns hatte wohl
auch Auswirkungen auf seine Persönlichkeit ...
Reporter: Die Kollegen haben immer wieder davon
berichtet. Ich erinnere mich genau, wie die Orlov damals
zu der Oscarverleihung mit einer Sonnenbrille und einem
für sie völlig untypischen, hochgeschlossenen Kleid
erschienen ist.
Fred: Um ihr blaues Auge und die Blutergüsse zu
verdecken.
Reporter: Das war vor einem halben Jahr. Und
Koschmelsky hat das gesehen?
Fred: Das wäre nicht so schlimm gewesen. Nein,
Framingham hat es gesehen!
Reporter: Und der hat dann Ackermann – Verzeihung
Bruce erschossen?

Prudence und das Spiel des Lebens

1989, Februar. Der Lehrer und die Tänzerin vor der Trennung
Vielleicht ist es für den Vater zweier Kinder doch besser, ein Lehrer zu sein? Vielleicht kann der Lehrer bei der Tänzerin bleiben?
Ich meine Schauspieler ist kein seriöser Beruf, – jedenfalls haben das meine Eltern behauptet. Ich setzte also wieder einmal die Lehrerschnipsel zusammen.
Ich unterrichte Erwachsene in dem unbeliebtesten Fach der Welt: Buchhaltung!
„Wenn Du ein Schiff bauen willst, dann trommle nicht Männer zusammen, um Holz zu beschaffen, Aufgaben zu vergeben und die Arbeit einzuteilen, sondern lehre die Männer die Sehnsucht nach dem weiten, endlosen Meer." (Antoine de Saint-Exupéry).
Und das habe ich vor: Sehnsucht wecken, Möglichkeiten auftun, andere Lebenskonzepte aufzuzeigen, denn meine Schüler sind schon erwachsen und sie hatten alle einen Beruf, den sie nicht mehr ausüben können, oder aber es nicht mehr dürfen.
Also fange ich nicht mit irgendwelchen dummen Paragrafen an, zitiere nicht die „Aufgaben der Buchhaltung", sage ihnen nicht, wann wer Bücher zu führen hat, sondern versuche ihr Interesse, ihre Neugier zu wecken:
„Wie alt ist die Buchhaltung, was glauben sie?"
40 wache Augen. „200 Jahre, 500 Jahre", die ganz Wagemutigen versuchen es mit tausend Jahren. Tausend hört sich einfach gut an!

Prudence und das Spiel des Lebens

„Die Buchhaltung", sage ich, „ist 25.000 Jahre alt. In der ehemaligen Tschechoslowakei hat man einen Wolfsknochen gefunden, der in sauberen 5er Reihen irgendwelche Besitzverhältnisse festgehalten hat!"
Vor mir sitzen ehemalige Verkäufer, Betonmischer, ein Bankdirektor und sein Burn-out, ein Doktor der Philosophie, Friseurinnen, ehemalige Krankenschwestern und und und. Ein Querschnitt unserer Gesellschaft! Sie alle brauchen einen neuen Beruf, wollen Industriekaufleute oder Kaufleute Büromanagement werden. Natürlich haben sie Angst. Wer hätte das nicht, wenn er komplett von vorne anfangen muss? Schließlich war man wer hat auf die Frage „wer bist du" oder „was machst du?", eine Antwort gehabt.
Und jetzt?
Jetzt muss man erst wieder etwas Vollwertiges werden! Etwas, was man ohne Scham vorweisen kann, um nicht ganz nackt dazustehen. Oftmals ist es dann der Mantel der Vergangenheit, den man sich noch einmal anzieht.
„Ich war ..."
Ich selbst bin ... nach den Mesopotamiern, den Byzantinern, den Ägyptern endlich bei den Römern gelandet.
„Um in den Senat zu kommen, musste jeder der zukünftigen Senatoren eine dreijährige Quästur durchlaufen. Das heißt, ihm wurde die finanzielle Verantwortung für einen Teilbereich der Stadt Rom oder einer Provinz übertragen, in der er sich erst einmal bewähren musste", erkläre ich. „Caesar, Cicero, Pompeius, Crassus, sie alle waren am Anfang ihrer

Prudence und das Spiel des Lebens

Karriere erst einmal Buchhalter, Quästoren. Und deshalb waren sie auch in der Lage, in Kriegs- oder in Krisenzeiten immer noch vernünftig zu wirtschaften. Rom hat als Reich 1.000 Jahre überdauert. Unser Wirtschaftssystem übersteht wahrscheinlich nicht einmal 80!" Ich mache eine bedeutungsschwere Pause.
„Wenn unsere Politiker eine ähnliche Bewährungsprobe durchlaufen müssten und jeder, der seine „Quästur" nicht schafft, auch nicht gewählt werden dürfte, dann wäre unser Bundestag zu 2/3 leer, denn dort sitzen in der Regel Menschen, die von Wirtschaft keine Ahnung haben und in ihrem Beruf auch nicht gerade durch Erfolg glänzten. Das sind dann Lehrer oder Rechtsanwälte, die den Rat von sogenannten „Fachleuten oder Beratern" brauchen, um zu wissen, was zu tun ist. Leider sind diese Ratgeber in der Regel Lobbyisten, die natürlich die Interessen der jeweils eigenen Firma vertreten." Ich mache eine kleine Pause. „Wenn ich von Chemie keine Ahnung habe und zwei Chemiker nennen mir zwei verschiedene Formeln, wie kann ich dann als „Nichtfachmann" wissen, welche davon richtig ist?" Wieder sehe ich nur Zustimmung. „Und mit der Wirtschaft verhält es sich genauso! Woher sollen diese Wirtschaftsamateure wissen, wer von den Fachleuten ihnen nun einen vernünftigen, richtigen Rat gibt?" Wieder mache ich eine kleine Pause. „Deshalb besteht unsere Wirtschaft, vor allem der Mittelstand – trotz unser Politiker und nicht wegen ihnen!"
Meine zukünftigen Schüler nicken und der Bankdirektor grinst.

Prudence und das Spiel des Lebens

Ich muss mich bremsen, das weiß ich, schließlich will ich meine Schüler für das Fach interessieren, das sie lernen sollen und sie nicht gleich mit unser „Gesamtwirtschaftslage" frustrieren!

„Buchhaltung", beginne ich erneut, „so wie wir sie heute kennen, also die „doppelte Buchhaltung", gibt es vermutlich seit 900 Jahren, also etwa ab dem 12. Jahrhundert. Wer sie erfunden hat, weiß niemand. Das erste Buchhaltungslehrbuch jedenfalls wurde 1494 von Luici Pacioli verfasst, der ein Freund Leonardo da Vincis war und eigentlich hat sich seither in der Buchhaltung fast gar nichts mehr verändert. Der Gewinn oder der Verlust einer Unternehmung wird seit etwa 900 Jahren auf die gleiche Art und Weise ermittelt. Sie erinnern sich? Polarität.

Sicher gab es damals noch keine Benzin-, oder KFZ-Steuerkonten, aber ein Buchhalter von damals würde sich, nachdem er die Funktion eines Computers kennengelernt hätte, sehr schnell in einer modernen Buchhaltung zurechtfinden. Auch ein moderner Buchhalter würde nicht sehr lange brauchen, um die Journale oder Hauptkonten einer Fuggerbuchhaltung bebuchen zu können ..."

Ich bin ein guter Lehrer und vielleicht überzeugt das auch die Tänzerin und wir können zusammenbleiben und ich hoffe, dass kein Sturm kommt und die Lehrerschnipsel in alle Richtungen verweht!

Prudence und das Spiel des Lebens

10. Januar 2004 (15 Jahre danach). Ich bin noch immer ein Schauspieler und die Tänzerin hat 1989 auch den Lehrer verlassen!

„Ich habe da von einem Trainer gehört, der demnächst hierher kommt", eröffnete mir Josef vor ein paar Wochen während der Probe. „Wenn du Lust hast, komm doch einfach mit, das soll ganz interessant sein."

Dieses Mal (15 Jahre danach) ist das Theater wirklich groß in einer wirklich großen Stadt. Ein Orchestergraben begrenzt die Spielfläche zum Zuschauerraum und die Bühne erhebt sich zwei Meter über dem funkelnden Parkett. Meine Gage hat sich mehr als verzwanzigfacht, – ich habe es geschafft, ich bin ein Schauspieler und ich werde belohnt!

„Was für eine Art Trainer ist das?", frage ich.

Josef lacht. „Es geht um Rollen und Rollenspiele. Genau das Richtige für uns, da sind wir schließlich Spezialisten, oder?"

Und so bin ich hier gelandet, in einem Luxushotel in der Innenstadt, nicht weit vom Theater entfernt und warte mit etwa 200 anderen Menschen darauf, endlich eingelassen zu werden. Teppichbelegte Gänge, teure Tapeten, Kronleuchter, goldverziert.

Wir (Josef und ich) stehen etwas abseits, selbst auf die Gefahr hin, dass nachher die besten Plätze vergeben sein könnten.

Wie immer, wenn wir Zeit haben, erzählt mir Josef gefragt oder ungefragt seine Meinung zu Gott und der Welt.

Josef: Das Spiel, das für mich das menschliche Dilemma am besten widerspiegelt, ist „Age auf Empires" ...

Prudence und das Spiel des Lebens

Josef ist der Bräutigam in Brechts „Kleinbürgerhochzeit",
die wir gerade proben und ich bin der Vater der Braut.
Wir üben schon seit einigen Wochen zusammen und ich
bin ein wenig neidisch auf ihn. Früher hätte ich seine
Rolle gespielt, aber jetzt (15 Jahre später) bin ich 49
Jahre alt. Josef ist 26. Ein sportlicher, drahtiger Typ, zwei
Köpfe größer als ich und breitschultrig. Ein Typ, den die
Frauen lieben. Sanfte, braune Augen und schwarzes,
volles Haar.
Wir sind Freunde geworden. Ich mag sein offenes
Gesicht.

Das Spiel:
Ich: Ja, das kenne ich gut. (Das Spiel "Age of Empires").
Josef: Du fängst mit ein paar Figuren in einer intakten
Welt an. Es gibt wunderschöne Wälder, Meere mit
Fischen, Rohstoffe in Hülle und Fülle. Die Bevölkerung
fängt an, Bäume zu fällen, Häuser zu bauen, Gold und
Steine zu horten, Nahrung zu sammeln. Nicht lange und
sie bemerken durch Späher anderer Nationen, dass sie
nicht allein auf der Welt sind. Kasernen werden errichtet,
um zu verhindern, dass die fremden Nationen das eigene
Gebiet betreten, die Bevölkerung abschlachten und die
Rohstoffe stehlen. Verteidigungsanlagen entstehen,
Armeen werden aufgestellt, die wiederum jede Menge
Gold und Holz und Nahrung benötigen …
(Josef kommt so langsam richtig in Schwung. Wie es
seine Art ist, gestikuliert er wie ein Wilder und die
Seminarteilnehmer, die schließlich die „Erleuchtung"

Prudence und das Spiel des Lebens

erwarten, für die sie bezahlt haben, schauen uns
befremdet an. Doch Josef kümmert sich nicht darum).
Da die eigenen Rohstoffe bald zu Ende gehen, musst du
nun selbst in andere Länder einfallen, deren Bevölkerung
abschlachten, feindliche Armeen besiegen, während
wieder andere Nationen bei dir das Gleiche versuchen.
Du baust Universitäten, die bessere Waffen möglich
machen, Burgen und Schmiedewerkstätten, um effektiver
als deine Gegner gerüstet zu sein. Und du musst das
alles immer schneller tun. Spätestens jetzt ist der Spieler
derart damit beschäftigt, Rohstoffe abzubauen, noch
bessere Taktiken zu entwickeln, zu verteidigen,
anzugreifen, dass keine Zeit mehr bleibt, um an etwas
anderes zu denken. Oder etwa zu bemerken, dass sich
das Angesicht der Spielewelt drastisch zu verändern
beginnt. Die wirkliche Welt versinkt und das Spiel ist
„echt" geworden. (Josef seufzt). Der Wettkampf: Besser,
schneller, stärker, klüger als ... ist in vollem Gange eine
Wettbewerbsgesellschaft entstanden. Alle - Manager,
Banker, Politiker - sind von jetzt an so beschäftigt, so in
diesem System gefangen, dass sich niemand mehr nach
dem Sinn fragt oder vielleicht gar ein anderes Spiel
vorschlägt! Wir haben den Kontakt zur realen Welt
verloren und sind Gefangene eines dummen Spiels
geworden. So wie unsere kleinen Kinder heute in der
Schule das Leben durch ihr Tablett kennenlernen, quasi
durch eine Scheibe betrachten und nicht bemerken, dass
sie trotz all dieser bunten Bilder, trotz all der
Belohnungen, die da auf sie warten, nur einen fahlen
Abklatsch der wirklichen Welt geliefert bekommen. Sie

Prudence und das Spiel des Lebens

verwechseln irgendwann diese "Zweidimensionalität" mit dem wirklichen Leben und leider werden die meisten dieser Kinder nie erwachsen und spielen in ihren Boss- oder Armanianzügen einfach nur weiter. Wenn dann nach ein paar Stunden im Idealfall die Meldung auftaucht: "Sie haben gewonnen!", sieht die Erde - die anfangs voll von Wäldern, Nahrung und Rohstoffen war - erbärmlich aus: Die Bäume sind abgeholzt, die Rohstoffe verbraucht. Häuser zerstört, Nationen ausgelöscht und Fische gibt es auch keine mehr. „Sie haben gewonnen!", ist das nicht ein Witz? Selbst die Gewinner kommen uns trotz eines erst einmal guten Gefühls, (schließlich hat man gewonnen und gehört zu den 62 Superreichen unseres Planeten, die 90 % des gesamten Vermögens besitzen) nicht wie Sieger vor, da auch sie auf einer ausgeplünderten, zerstörten Erde ohne Rohstoffe herum marschieren müssen. Die Nationen sind am Ende!
(Josef, der sich nun endgültig in Rage geredet hat, holt tief Luft). Wer unsere Zukunft kennenlernen will, sollte dieses alte Spiel wieder einmal hervorholen. Genau so wird unsere Erde aussehen, wenn wir einfach unsere alten Rollen weiterspielen!
Ich: (nicke)
Josef: Mangelnde Phantasie, sage ich und keine Zeit einmal auszusteigen, alles aus der Ferne zu betrachten und dann zu überlegen, ob das wirklich schon alles sein kann, oder ob es neben einem dummen Spiel nicht noch etwas anderes gibt
Ich: Wie meinst du das?

Prudence und das Spiel des Lebens

Josef: Nun, alle wissen, dass etwas schiefläuft und keiner kann sich vorstellen, wie es anders gehen könnte oder wie man aus diesem Spiel aussteigt. Die meisten erkennen nicht einmal, dass es ein Spiel ist!

Ich: Wer sich eine andere Zukunft als die Gegenwart nicht vorstellen kann, hat keine Zukunft mehr?

Josef: Genau.

Ich denke in diesem Augenblick, dass es der Tänzerin und mir damals genau daran gefehlt hat. Gefangen in einem dummen Spiel haben wir nicht bemerkt, dass es nur ein Spiel war und es versäumt, uns eine andere, glückliche Zukunft vorzustellen und nach dieser Vorstellung zu handeln. "Age of Empires" im Kleinen!

Josef: Eigentlich kaum zu glauben, dass Wirtschaft und Politik alles daran setzen, um Wachstum" zu ermöglichen, statt anzufangen, mit dem Rest unserer Ressourcen eine Gesellschaft zu verwirklichen, die nicht mit Höchstgeschwindigkeit auf einen ausgeplünderten Planeten zusteuert.

Ich: (weiß zwar nicht, wie Josef jetzt darauf kommt, aber derartige Gedankensprünge bin ich bei ihm schon gewohnt). Nicht nur das, (antworte ich), die haben sogar ein Wachstumsbeschleunigungsgesetz verabschiedet! Verrückt, oder?

Josef: (nickt). Dümmer geht es eigentlich nicht mehr!

Etwas weiter vorne kommt Bewegung in die Menge. Die Türe wird geöffnet und wir werden eingelassen.

Ich: Es geht los. Jetzt bin ich wirklich gespannt!

Denn schließlich wird uns wieder einmal jemand – für teures Geld – erzählen, was das Leben ist und alles

Prudence und das Spiel des Lebens

Suchen wird enden! Das Paradies endlich – das
Paradies!

Prudence und das Spiel des Lebens

Fred, 34 Jahre später. Das Interview
(Im Gespräch mit einem sehr jungen Reporter in einer
Bar mit großen Spiegeln, einer blank geputzten
Messingtheke und grünen Ledersesseln, vor denen
kleine runde Tische stehen).

Reporter: Er hat sich nach der Tat freiwillig gestellt?
Fred: Ja, obwohl ihm niemand in dieser Verkleidung, in
der er Bruce vor laufender Kamera erschoss, erkannt
hätte. Außerdem hätte er durch Anna auch noch ein
wasserdichtes Alibi gehabt. Er hätte also nie gefasst
werden können!
Reporter: Sie meinen Anna, die einmal Dr. Wallace war?
Fred: Ja, wie gesagt, es war gut geplant!
Reporter: Das stimmt, aber warum hat er sich gestellt
und alles gestanden? Hatte er ein schlechtes Gewissen?
Fred: Der Plan war nur ein Spiel. Er wollte allen damit
bloß beweisen, dass auch er davonkommen könnte.
Reporter Auch er?
Fred: Ja, genau wie die Politiker die Bauprojekte für 3
Milliarden planen und dann 25 Milliarden bezahlen. Oder
die Atomkraftwerke in dicht besiedelte Gebiete stellen
und dann, wenn etwas passiert, die Hände zum Himmel
heben und das natürlich nicht wissen konnten.
Reporter: Was hat das alles damit zu tun?
Fred: Koschmelsky wollte damit zeigen, dass nur wenn
jede Handlung auch eine Konsequenz hat, ein System
funktionieren kann und dass wir als Menschheit vor die
Hunde gehen, weil es Leute gibt, die in der Zwischenzeit
von diesen Konsequenzen befreit sind. Er wollte

demonstrieren, dass er Verantwortung für sein Tun übernahm.
Reporter: Und deshalb war er auch bereit, ins Gefängnis zu gehen, obwohl es für ihn ein Leichtes gewesen wäre davonzukommen?
Fred: So ist es.
Reporter: Gut, das habe ich verstanden. (Macht eine Pause). Kurz noch eine andere Sache.
Fred: Gut,
Reporter: Seit unserem letzten Gespräch hat mich dieser Ausspruch dieses buddhistischen Mönches beschäftigt. Das kann doch wohl nicht alles sein!
Fred: Sie meinen, es gibt mehr als essen, scheißen und schlafen?
Reporter: Ja.
Fred: Ich bin gespannt.
Reporter: Schauen sie sich doch selbst an. Sie tun doch mehr als das!
Fred: Mehr als was?
Prater: Mehr als essen, scheißen und schlafen. Sie malen auch!
Fred: Ja.
Reporter: Ihre Bilder sind begehrt und sündhaft teuer!
Fred: Ein netter Nebeneffekt. Aber eigentlich ohne Bedeutung.
Reporter: (schnappt nach Luft). Ohne Bedeutung?
Fred: Natürlich. Von Bedeutung ist nur das Malen selbst.
Reporter: (lacht.)
Fred: Warum lachen sie?

Prudence und das Spiel des Lebens

Reporter: Also dann ist ihr Lebenssinn: Essen, scheißen, schlafen und malen?
Fred: Ja.
Reporter: Und bei Koschmelsky: Essen scheißen schlafen und schauspielern?
Fred: So ähnlich, aber Koschmelsky ist nur eine Hülle.
Reporter: Aha.
Fred: Eine Hülle, die das Wort transportiert, es wieder zum Leben erweckt und Gedanken und Ideen sichtbar macht.
Reporter: So wie die Idee, dass jede Handlung auch eine, für alle sichtbare Konsequenz für den Handelnden haben muss?
Fred: Genau.

11. Januar 2004. (15 Jahre nach 1989)
Ich bin ein Schauspieler.
Pause.
Wir stehen vor einem Buffet, auf dem es Kaffee und belegte Brötchen gibt. Wir haben das Paradies noch nicht gefunden!
Josef: „Ich weigere mich zu glauben, dass sich das menschliche Leben derart reduzieren lässt! Ich glaube fest daran, dass ich alles in einem Moment ändern kann!"
Ich: „Du meinst, dass es möglich ist, statt ein Automatenmensch zu sein, so etwas wie Nietzsches „Übermensch" zu werden, ein Mensch, der seine Automatismen zwar hat, aber jederzeit Herr über sie ist?"
„Genau so", sagt Josef. „Ich werde es euch beweisen!"
Etwa 200 Menschen stehen in dem Foyer des Luxushotels, in dem es aussieht, als ob frischer Schnee gefallen wäre. Weiße Wände, weiße Tischdecken, auf denen weiße Teller stehen. Die Bedienungen weiß, auch wenn die Röcke, die sie anhaben, schwarz sind. Weiße Servietten, weiße, glänzende Marmorfliesen. Nur die Teilnehmer des Kurses sind nicht weiß. Sie wirken sogar fast ein wenig schmutzig wie getaute Stellen in einer ansonsten geschlossenen Schneedecke.
Auch die Fensterkreuze, durch die man nach draußen sehen kann, sind weiß. Es stehen Bäume davor und ich denke, dass diese Bäume im Sommer das Glas mit einem prächtigen Grün ausfüllen, aber jetzt sind es nur schwarze Äste, die regennass, fast ein wenig drohend vor den Fenstern auf und ab schaukeln.

Prudence und das Spiel des Lebens

Der Kaffee in der weißen Tasse mit ihrem weißen Unterteller ist gut und stark.

„Das Leben ist nie reduziert", sage ich. „Wir sind es."

„Es ist einfach nur eine Welt", sagt Josef. „Und das hier ist nur ein winziger Ausschnitt von dem, was es wirklich zu sehen gäbe!"

Die Bedienungen huschen zwischen den Gästen hin und her und sorgen dafür, dass das Buffet aufgefüllt wird. Die Äste vor den Fenstern schaukeln drohend im Wind.

Josef hebt den Arm und eine von ihnen, ein junges, hübsches, blondes Ding kommt mit anmutigen, aber geschäftigen Bewegungen auf ihn zugeeilt.

„Sie wünschen?"

„Nur eine Auskunft", sagt Josef.

„Bitteschön?"

Die Augen der Bedienung sind braun. Eigentlich hätte ich sie bei ihrer Haarfarbe blau erwartet, aber sie sind definitiv braun.

„Wie lange arbeiten sie schon in diesem Hotel?"

Es sind schöne Rehaugen, die uns jetzt mustern.

„Drei Jahre der Herr."

„Jeden Tag?"

„Jeden Tag", sagt die Bedienung, „außer Montag, da habe ich normalerweise frei."

„Gefällt ihnen ihr Leben?"

Die Bedienung hebt fragend die Augen. „Schon wieder so ein Pseudophilosoph", denkt sie. „Jedes Mal, wenn sie diese Kurse machen, stellen sie einem diese Fragen! Aber es ist ein hübscher Pseudophilosoph, also werde ich noch ein wenig antworten."

„Ja", sagt die rehäugige Bedienung, „es gefällt mir."
Sie denkt dabei an ihren kleinen, blonden Jungen, der
jetzt in einem Ganztagskindergarten ist und vermutlich
mit seinen Kameraden singt, bastelt oder spielt und sie
lächelt ein wenig.
„Tagein, tagaus zu bedienen gefällt ihnen?", fragt Josef.
„Ja es gefällt mir!"
„Er hat keine Kinder", denkt sie ein wenig enttäuscht,
„sonst würde er nicht solche Fragen stellen. Ich bin mindestens fünf Jahre jünger als er, aber ich weiß, wofür ich
lebe!"
„Und davor", fragt Josef, was haben sie davor gemacht?"
„Ich war zu Hause und habe mich um meinen Jungen gekümmert."
„Und habe lernen müssen, allein zurechtzukommen",
denkt die rehäugige blonde Bedienung. „Nachdem mich
Rolf im siebten Monat verlassen hat, weil er mit der Situation nicht klargekommen ist und weil er Monika kennengelernt hat, die nicht schwanger war! Dabei hatte er einen so seriösen und sympathischen Eindruck gemacht.
Meine Eltern waren ganz begeistert von ihm. Ein ange-
hender Rechtsanwalt als Schwiegersohn, das hätte ihnen
gefallen!"
Die anderen Fragen kennt die Bedienung schon. „Wie alt
ist er, was macht er, wenn sie arbeiten, sind sie verheiratet und so weiter." Sie gedenkt das Ganze abzukürzen
und das nicht nur, weil die Chefin ein bisschen genervt zu
ihr herübersieht.

Prudence und das Spiel des Lebens

„Mein Sohn ist fünf Jahre alt, sein Vater hat mich verlassen, als ich im siebten Monat war und nein, ich bin in keiner festen Beziehung und jetzt entschuldigen sie", sagt die Bedienung. „Ich muss mich um die anderen Gäste kümmern."

„Einen Moment noch", sagt Josef. „Ich würde gerne ihr Mann und auch der Beschützer ihres Jungen sein!"
Die Bedienung sieht ihn an. Ihre Rehaugen werden dunkel. „Das ist kein schöner Scherz, mein Herr", sagt sie. „Schon wieder einer, der mich ins Bett zerren will!", denkt sie und sieht dem Jungen in die Augen. „Andererseits, diese Augen", denkt sie, „die sind so traurig, so ernsthaft, vielleicht meint er das so? Unsinn!" schimpft sie mit sich selbst, „so etwas gibt es nur im Märchen!", aber der Junge gefällt ihr und deshalb bleibt sie noch einen Moment stehen.

„Ich meine das ernst", sagt Josef. „Sie brauchen nur ja zu sagen."

„Das passiert doch jetzt nicht wirklich?", denkt die Bedienung. „So etwas kann doch nicht ernst gemeint sein, nicht seriös!"

„Sie kennen mich doch gar nicht", wirft sie ein und gibt damit zu, dass sie sein Angebot in Erwägung zieht.

„Nein", antwortet Josef, „ich kenne sie nicht, aber sie haben den Vater ihres Kindes gekannt und das hat trotzdem nichts gebracht, oder?"

„Hat es nicht", gibt sie zu.

„Na also", sagt Josef. „Sagen sie ja!"

Er gefällt ihr. Groß, breitschultrig, braune Augen, freundlich und er riecht so gut! Die Frauen warten bestimmt an jeder Ecke auf ihn. Und nun - ausgerechnet sie - so ohne Umschweife, ohne das vorherige Kennenlernen? „Andererseits, was habe ich zu verlieren?" denkt sie, „Rolf war seriös, wir hatten uns zuvor kennengelernt und er hat mich trotzdem im Stich gelassen!"

„Ja", sagt sie. „Gerne. Jedenfalls, was das Kennenlernen angeht. Den Rest sehen wir dann. Ich habe um 18 Uhr Schluss."

Prudence und das Spiel des Lebens

März **1990**

Die Tänzerin hat verlassen und Prudence? Prudence ist seit zwei Tagen ebenfalls nicht mehr da!
Ich bin ein Schauspieler. Sie haben Wolfgang durch die Zweitbesetzung ersetzt (einfach so, denn Rollen sind einfach zu ersetzen!) und Prudence redet nicht mehr mit mir. Sie sieht mich nicht einmal mehr an!
Abends kommen wir nach Hause. Meine Kinder sind müde und ich bin es auch. Die Tänzerin, die sich von mir getrennt hat, ist in einem Selbstfindungsseminar. Vielleicht hat sie sich verloren, ich weiß es nicht. Und so wohnen die Kinder seit ein paar Wochen, nicht nur an den Wochenenden bei mir.
Draußen ist es dunkel und die Nacht hat die Scheiben von außen schwarz bemalt.
Jecka unser Hund begrüßt uns überschwänglich. Eine Collie–Schäferhündin.
Jecka, die „Unter dem Bett Krokodiljägerin", Jecka die „Gespenstervertreiberin", Jecka die „Löwen aus dem Schrankjägerin."
Gut einen solchen Hund zu haben!
„Ich gehe noch kurz mit ihr runter", sage ich zu meinen Kindern. „Zieht ihr euch schon mal aus und putzt die Zähne, ich komme gleich zu euch!"
Sie sind müde, das kann ich sehen. Die Probe war lang. Sie brauchen Halt und Sicherheit, denn für Kinder ist eine Trennung immer am schlimmsten. Obwohl wir uns zum Schluss fast nur noch gestritten haben und obwohl das alles schon über zwölf Monate her ist, hoffen sie (und auch ich) noch immer darauf, dass die Tänzerin

zurückkommt und fürchte mich auch gleichzeitig davor. Irgendwie habe ich noch immer nicht begriffen, wie zwei Menschen derart dumm sein können. Ich will das alles nicht wahrhaben!

Ich war nie ein Romantiker, das nicht. Aber ich habe sie nicht sitzen lassen, als sie schwanger war, ich war bei der Geburt beider Kinder dabei, ich habe hart gearbeitet und alle versorgt. Ich habe sie begehrt, die ganze Zeit und sie konnte ein zweites Studium beginnen und es abschließen. Ich habe sie verteidigt, wenn sie angegriffen wurde. Ich war zuverlässig da. Immer. Es hat uns an nichts gefehlt! (Außer vielleicht der Erkenntnis, dass jeder für sein Glück selbst verantwortlich ist und dass jede Beziehung scheitert, in der einer von beiden versucht, diese Aufgabe auf den Partner zu übertragen).

Und Prudence? Prudence wollte ich Liebe schenken, weil ich davon noch jede Menge in mir hatte.

Die Luft draußen ist warm. Sommer, Nacht, Grillengezirpe. Am Himmel stehen ein großer Mond und viele Sterne. Der große Wagen, der kleine Bär. Ich weiß das, weil meine Tochter mir das erzählt hat.

Sie ist ein kluges, kleines Mädchen mit wachem Verstand. Das Temperament und die Intelligenz ihrer Mutter und die Sturheit von mir.

Prudence verdammt immer wieder Prudence! Oder doch die Tänzerin? Manchmal verschmelzen die beiden in meiner Erinnerung zu einer Figur. War irgendetwas davon real? Spielt das überhaupt eine Rolle? Oder sind Erinnerungen einfach nur Erinnerungen, so wie wir uns an die Figuren in einem Theaterstück erinnern? Was

Prudence und das Spiel des Lebens

macht diese Erinnerung realer als meine erinnerten
Vorstellungen?
Nachtwind und die riesigen Pappeln rauschen. Das
hässliche, lang gestreckte Haus mit sechs Stockwerken
und 96 Familien steht zwischen lauter Bäumen. Ein
Spielplatz für die Kinder, ein kleiner Bach, der glucksend
und murmelnd nachts an den Fenstern vorbeifließt. Ein
See, den man in zehn Minuten zu Fuß oder aber in zwei
Minuten mit dem Fahrrad erreichen kann. Ein See in
einem Park.
Es ist schön, hier zu wohnen und wann immer wir aus
den Fenstern schauen, sehen wir Bäume.
Die Blätter rauschen und die Wipfel wiegen sich träge im
Wind. Die Nacht ist voller Sterne. Ich pfeife und Jecka
kommt schwanzwedelnd angerannt. Sie schaut mich an
und da ist dieses vertraute Gefühl, das ich immer habe,
wenn ich in ihre Augen blicke. Diese aufmerksamen
Hundeaugen, die mich seit meiner Geburt betrachten.
Natürlich ist es nicht derselbe Hund, aber es sind
dieselben Augen und dasselbe Gefühl! Immer waren sie
da, diese braunen, wachsamen Hundeaugen und haben
mich durchs Leben begleitet. Fast so, als würde mich
eine Seele in verschiedenen Körpern mein ganzes Leben
lang behüten.
Wir gehen nach oben und es ist still. Schläfrig warten sie
auf mich. Die Blondschöpfe, die aus den Kissen ragen,
die grünen und blauen Augen, die mich erwartungsvoll
ansehen. Das Vertrauen, das sie mir schenken.
Ich nehme Jim Knopf und die Wilde 13 von Michael Ende
und lese vor:

Prudence und das Spiel des Lebens

„In Lummerland war die meiste Zeit schönes Wetter. Aber es gab natürlich auch manchmal Tage, an denen es regnete. Sie waren zwar selten, aber dafür regnete es dann gleich wie aus Gießkannen. Und so ein Tag war der, an dem diesmal unsere Geschichte anfängt.
Es regnete und regnete und regnete. Jim Knopf saß in der kleinen Küche bei Frau Waas und Prinzessin Li Si war auch da, denn sie hatte gerade 14 Tage schulfrei. Jedes Mal, wenn sie zu Besuch kam, pflegte sie ein hübsches Geschenk für Jim mitzubringen. Einmal war es eine Glaskugel, in der eine winzige, mandalanische Landschaft zu sehen war, und wenn man die Kugel schüttelte, dann schneite es darin. Ein anderes Mal schenkte sie ihm einen bunten Sonnenschirm aus Papier oder einen praktischen Bleistiftspitzer in der Form einer kleinen Lokomotive …“.
Li Si…
Ich denke, jeder hat eine Li Si in seinem Leben. Die erste Schulkameradin, in die man sich verliebt, das Mädchen aus der Nachbarschaft, beim Bäcker oder beim Friseur. Und die meisten dieser großen Lieben enden traurig, weil die kleinen Jungs sich in die gleichaltrigen Mädchen verlieben, aber diese nur für ältere Jungs schwärmen. Das ist tragisch!
Später, wenn man alt geworden ist, ist es genau umgekehrt. Da schwärmen die nun groß gewordenen Jungs für die jüngeren Mädchen und schauen die gleichaltrigen Damen nicht mehr an. Die behaupten dann, dass das unfair sei. In Wirklichkeit ist es aber nur

Prudence und das Spiel des Lebens

ausgleichende Gerechtigkeit, wenn auch der Ausgleich für diesen Schmerz der Männer ziemlich spät kommt. In der Mitte ihres Lebens versuchen viele von uns noch einmal Kontakt zu den Angebeteten von damals aufzunehmen, aber da die meisten geheiratet und den Namen geändert haben, können wir sie nicht mehr finden.
Ich glaube, dass die Frauen den Namen ändern müssen, damit wir sie auf keinen Fall mehr finden oder gar treffen können, denn nur so bleibt das liebliche Bild, das wir noch immer in uns tragen, erhalten! (Es gibt also durchaus einen Ort, an dem Frauen nicht altern!).
Meine Li Si war die Tochter des Geigenlehrers und natürlich brach auch sie mein Herz, ohne es zu wissen. Ich habe keinen Augenblick in ihrer Nähe vergessen. Ich weiß noch, wie wir in der Maiandacht auf einem Dorf Seite an Seite das Ave-Maria gespielt haben. Weiß wie ich jeden Morgen darauf gewartet habe, sie endlich in die Klasse kommen zu sehen.
Braune Augen, braunes, langes Haar und die Bewegungen einer Gazelle.
Meine Eltern, die derart unsensibel waren, in eine andere Stadt zu ziehen und mir die Liebe meines Lebens zu entreißen, wunderten sich, warum ich in dieser neuen Stadt nicht mehr dazu zu bringen war, weiter zu musizieren.
Damals nahm ich mir vor, diese erste so bedeutende Liebe bei meinen Kindern nicht zu verpassen – und verpasste sie doch!

Prudence und das Spiel des Lebens

Aber jetzt, nach Jim Knopf, beten wir erst einmal. Dann nehme ich Johann in den Arm und danach Rebecca. Ich bin glücklich. Ich schaue später noch einmal bei ihnen vorbei und sehe sie, gleich kleinen Kätzchen zusammengerollt, friedlich im Traumland wandeln. Mein Sohn, mein kleiner Sohn, der bei mir glücklich und zufrieden ist, macht Schwierigkeiten in der Schule. Ständig legt er sich mit den Großen an, um den Respekt und die Aufmerksamkeit seiner Klassenkameraden zu bekommen. Das und eine Lernblockade werden ihm sechs Jahre Sonderschule einbringen, was ich jetzt noch nicht weiß. Was ich aber weiß ist: Dass ich keine Frau mehr habe, weil wir vom jeweils anderen erwartet hatten, dass er uns glücklich macht, statt das Glück bei uns selbst zu suchen, um es hinterher vielleicht teilen zu können! Und ich habe auch keine Geliebte mehr, weil die ihren Bruce in schweren Zeiten nicht im Stich lässt! „Wir sind nur im Moment real. Danach sind wir eine Geschichte, eine Erinnerung, bei der es keine Rolle mehr spielt, ob sie tatsächlich stattgefunden hat, oder nicht", lese ich später, als ich im Bett liege. Ich lösche das Licht.

Prudence und das Spiel des Lebens

Fred, 34 Jahre später. Das Interview
(Im Gespräch mit einem sehr jungen Reporter in einer
Bar mit großen Spiegeln, einer blank geputzten
Messingtheke und grünen Ledersesseln, vor denen
kleine runde Tische stehen.

Reporter: Aha. Mir scheint nur, dass genau diesen Punkt
niemand verstanden hat?
Fred: (achtet gar nicht auf ihn und scheint plötzlich weit
weg zu sein). Alles ist eine Hülle des Wortes. Bäume,
Wiesen, Sterne, die Erde, die Sonne. Du denkst ein Auto,
so wie Gott einen Stein gedacht hat und dann baust du
das Auto um das Wort herum. Oder einen Tisch, ein
Haus …
Reporter: (Unterbricht.) Verstehe.
Fred: Wenn wir das nicht täten, gäbe es nur das, was
Gott gebaut hat und wenn Gott nicht bauen würde, dann
gäbe es nur das Nichts aber das Nichts wäre voll von
Allem!
Reporter: Ja. Aber mir gefällt nicht, wohin dieses
Gespräch uns führt. Eigentlich wollte ich etwas ganz
anderes von ihnen wissen!
Fred: Das interessiert ihre Leser nicht?
Reporter: Nein.
Fred: Also fragen sie etwas, was ihr Klientel lesen will.
Reporter: Den Aspekt, dass Koschmelsky …
Fred: Framingham.
Reporter: Also, dass Framingham mit dieser Tat etwas
zeigen wollte, hat niemand verstanden.

Prudence und das Spiel des Lebens

Fred: Die Tat war auch ein Kunstwerk, verstehen sie?
Reporter: Nein. Jemanden vorsätzlich und geplant
dreimal in die Brust zu schießen ist für mich Mord und
keine Kunst!

2004. Noch immer im Hotel, noch immer auf der Suche nach Erleuchtung. Die Bedienung hat heute frei

In der Pause.

Josef: Hast du Nietzsches „Also sprach Zarathustra" gelesen?

Ich: Ja.

Josef: Erinnerst du dich an die Stelle, wo er sagt: „Einst war der Frevel an Gott der größte Frevel, aber Gott starb und damit auch diese Frevelhaften. An der Erde zu freveln ist jetzt das Furchtbarste …".

Claudia: Gott war der Vater und die Erde ist unsere Mutter?

Josef: Den Vater haben wir getötet und jetzt töten wir die Mutter!

Claudia: Ja und ein paar Seiten weiter: (sie zitiert). „Es ist an der Zeit, dass der Mensch sich sein Ziel stecke. Es ist an der Zeit, dass der Mensch den Keim seiner höchsten Hoffnung pflanze. Noch ist sein Boden dazu reich genug. Aber dieser Boden wird einst arm und zahm sein, und kein hoher Baum wird aus ihm wachsen können."

Claudia ist blond und hat blaue Augen, – natürlich! Blaugrau und die wohlgeformtesten Beine der Welt. Sie ist die Braut in Brechts „Kleinbürgerhochzeit", und wenn ich sie ansehe, weiß ich, dass sie aus einfachen Verhältnissen kommt und dass Josef als anerkannter Handwerker seines Dorfes eine gute Partie für sie ist. Sie werden Kinder großziehen, sie werden sich streiten und sie werden sich wieder vertragen. Beide haben sich so in ihre Rollen eingelebt, dass jeder, der sie auch außerhalb

Prudence und das Spiel des Lebens

des Theaters sieht, tatsächlich für ein Ehepaar hält. Claudias Ehemann gefällt das nicht und er taucht immer wieder bei den Proben auf, um seine Frau demonstrativ zu küssen und bei jeder Gelegenheit seinen Besitzanspruch zu demonstrieren. Er mag es nicht, wenn Claudia ihr Ego zerbricht, um ein anderes anzunehmen! Instinktiv versteht er, dass Claudia genauso gut Josefs Frau sein könnte und dass ihr Glück nicht unbedingt etwas mit ihm zu tun hat.

(Im Foyer des Hotels. Noch immer auf der Suche nach Erleuchtung)

Ich: Was Nietzsche wohl mit diesem Ziel gemeint hat?

Claudia: Vielleicht, dass alle Menschen gemeinsam etwas zu erreichen versuchen sollten? Etwa den Planeten und die Lebensgrundlage zu retten, auf die wir alle angewiesen sind.

Ich: Du meinst, dass wir uns als Menschheit ein Ziel setzen?

Claudia: Wenn nicht jetzt, wann dann?

Ich: Alle Menschen werden Brüder und fragen sich, ob wir nicht zu einem bestimmten Zweck auf dieser Welt sind?

Claudia: (Mit den längsten Beinen der Welt und wunderschönen blauen Augen!) Ein schöner Gedanke oder nicht? Einer, der plötzlich alles sinnhaft und gut erscheinen lässt!

Josef: Allerdings warnt Nietzsche auch diejenigen, die das versuchen wollen: „Siehe die Gläubigen aller Glauben." - (die Normalen – die Rollengläubigen – die, welche nur das Spiel „Besser, Schneller, Stärker, Klüger

Prudence und das Spiel des Lebens

als – spielen. Anmerkung des Autors). – „Wen hassen
sie am meisten? Den, der zerbricht ihre Tafeln der Werte,
den Brecher, den Verbrecher: Der aber ist der
Schaffende."
Ich: Der Rollenbrecher! Derjenige, der sein eigenes Ego
zerbricht, um sich selbst freizulegen. Nur der ist in der
Lage, eine neue Gesellschaft zu erfinden und damit den
Frevel an der Erde und somit an uns zu verhindern? Der
Verbrecher soll der Erlöser sein? Derjenige, der uns aus
diesem dummen, zerstörerischen Spiel löst?
Josef: (schaut mich irritiert an) Genau, aber dieses
Zerbrechen oder Verbrechen oder Brechen ist das
Schwierige!
Ich: Wir machen das doch dauernd. Wir zerbrechen
unsere Egos und schlüpfen in fremde Rollen und da wir
die Verhaltensweisen und Gewohnheiten dieser neuen,
fremden Rolle nicht kennen, proben wir, bis wir
tatsächlich diese neuen Figuren sind!
Josef: Klar, weil wir als Schauspieler Geld dafür
bekommen!
Ich: Genau.
Josef: Und wenn wir Geld dafür bekämen, wenn wir in
unseren Rollen blieben, vielleicht sogar durch sie richtig
reich geworden wären, würden wir den Teufel tun, bevor
wir diese erfolgreichen Verhaltensweisen (Rollen)
freiwillig wieder ablegten! Wir würden uns an dieses Ego
klammern und es mit Händen und Füßen verteidigen.
Warum? Weil wir glauben, dass es dieses Ego ist, dass
dieses Sosein uns diesen Reichtum und dieses Gefühl
der absoluten Macht und Sicherheit gegeben hat. Warum

Prudence und das Spiel des Lebens

also sollten wir das infrage stellen und auch noch die Angst aushalten, die eine zerbrochene Persönlichkeit befällt?" Josef schaut mich fragend an.

Ich: Wenn ich auf der Bühne eine Rolle spielen würde, die mich zum Millionär macht, dann würde ich das doch so lange als möglich tun!

Claudia: Auch wenn du das Gefühl hättest, dass dies nur ein kleiner Teil von dem ist, was dir möglich wäre?

Ich: Der „normale" Mensch hat nur eine Rolle, er weiß nichts von der Möglichkeit, etwas vollkommen anderes zu sein. Er ist auf nur ganz wenige Verhaltensweisen und Gewohnheiten fixiert, die ihm ein Gefühl von Sicherheit geben und sein Auskommen garantieren. Für etwas anderes fehlt ihm die Vorstellungskraft und die Phantasie und: „Wer sich nicht vorstellen kann, etwas zu tun, der wird es auch nie tun!" Außerdem scheint die Rolle des Reichen und Mächtigen ja richtig zu sein, sonst könnte man sich ja nicht so weit über die anderen erheben! Warum also sollte so jemand diese Rolle hinterfragen?

Claudia: Moment, Moment dazu fällt mir ein Zitat aus einem Zeitungsartikel ein, den ich erst neulich gelesen habe: Diejenigen, die am meisten von diesem System, von ihren Rollen, von dem Spiel „Besser, Schneller, Stärker, Klüger als ... profitieren (62 Superreiche) - werden (lt. Huffington Post) alle, die es zu verändern versuchen, bekämpfen. Und sie werden gewinnen, weil sie „besser, schneller, stärker und klüger sind als ... und niemand je auf die Idee kommt, dass das nur ein Spiel ist, aus dem wir jederzeit aussteigen könnten!

Prudence und das Spiel des Lebens

Josef: Die Brecher oder Verbrecher (diejenigen, die ein anderes Spiel wollen) und damit die Schaffenden haben also keine Chance, weil die andern die Macht und das Geld haben?

Claudia: Nur 62 andere, die der gesamten Menschheit ihre Art des Lebens (Spielens) aufzwingen, um weiterhin Macht und Sicherheit anhäufen zu können! Ich habe gelesen, dass diese 62 Menschen über 90 % des Reichtums der gesamten Erde besitzen - und dass sich die restlichen 7 Milliarden - die übrigen 10 % teilen müssen!

Ich: Erschreckend! Wieso merken die 7 Milliarden nichts davon, wieso wehren die sich nicht?

Claudia: Das ist einfach: Wir merken nichts davon, weil wir kleinen Leute zu sehr damit beschäftigt sind, uns untereinander zu bekriegen, zu massakrieren, uns die Schuld für etwas zuzuweisen.

Josef: Was zu dem uns aufgezwungenen Spiel dazugehört und ihm auch eine gewisse Authentizität, einen Touch von Realität verleiht!

Ich: Ich verstehe: Die Flüchtlinge, die Terroristen, die faulen Arbeitslosen. Die Grünen, die Roten, die Schwarzen, die Rechtspartei, die Linkspartei. Solange wir „Schuldige" haben, ist alles in Ordnung! Das Spiel fühlt sich real an, wir können unsere Emotionen darin ausleben, die wir ohne das Spiel gar nicht hätten! Hauptsache, es zeigt mit dem Finger niemand auf die, welche uns wirklich ausbeuten, die den Planeten wirklich zerstören, denn dann müssten wir uns wehren, uns mit Leuten anlegen, die viel mächtiger sind als wir. Lieber auf

Prudence und das Spiel des Lebens

ein paar Bösewichtern, die uns das Spiel anbietet,
herumtrampeln! So lange es Schuldige gibt, die
schwächer sind als wir, können wir uns auch noch kleine
Erfolgserlebnisse verschaffen – Rechthaben! - um uns
dann besser zu fühlen. Ändern tun wir dadurch natürlich
rein gar nichts und das werden unsere Kinder
auszubaden haben!
Claudia: Genau und da diese Superreichen auch die
Medien beherrschen (die so tun als wäre das Spiel echt),
wird das in absehbarer Zeit auch genauso weiterlaufen!
Ich: 62 beherrschen die Welt!
Claudia: Und sieben Milliarden verprügeln sich wegen
der Brosamen (10 %), die von deren Tellern fallen.
Josef: Aber diese Superreichen zahlen einen hohen
Preis.
Claudia: Was für ein Preis soll das sein?
Josef: Ewige Wiederholung, das Eingesperrtsein in ein
einziges Theater oder Lebens-Stück, das Besser,
Schneller, Klüger, Stärker als ... heißt. Keine Chance,
dem Spiel zu entkommen und keine Möglichkeit, die Welt
auf eine andere Art und Weise zu erfahren! Eine einzige
kleine Bühne, auf der man lebt, während draußen das
Leben stattfindet!
Claudia lacht: Diese ewig gleichen Rollen auf einem
anderen Level spielen auch die Armen nur eben nicht
besonders erfolgreich! Dann doch lieber zu den
Vermögenden gehören oder?
Ich: (denke an Shakespeares Romeo). Ich weiß, wie
dieses „Romeosein" sich anfühlt. Ich habe das Gefängnis
dieser Persönlichkeit erfahren und auch die

Prudence und das Spiel des Lebens

Phantasielosigkeit dieses jungen Burschen, die alle heute für Romantik halten. Ich fand ihn nur erbärmlich! Ich war froh, als ich Romeo nach 200 Vorstellungen wieder an der Garderobe abgeben konnte! 200-mal das Gleiche tun, sich 200-mal zu vergiften, nur weil man zu blöd ist, die Augen aufzumachen! So muss es sich anfühlen, wenn man superreich ist: Jeden Tag „Besser, Schneller, Klüger, Stäker als ... sein zu müssen, (ein ewiger Gewinner) und sich und seinen Nachkommen damit letztendlich doch nur die Lebensgrundlage zu zerstören, sich quasi den Ast abzusägen auf dem man sitzt!)

Josef: Was ist?

Ich: Wenn wir alle unsere Rollen ablegen, aus dem Spiel aussteigen würden, was wären wir dann?

Josef: Wir wären Nichts.

Claudia: Nein. Josef, wir wären Alles und wir könnten alles tun!

Prudence und das Spiel des Lebens

April 2020

„Ich stehe hier und mache Kaffee", denkt Fred. „Ich gieße genauso viel Kaffee auf die Milch, bis die Flüssigkeit die richtige Farbe hat." Der Toaster spuckt mit einem metallischen Geräusch das Brot aus und Fred legt es zum Abkühlen auf den Teller. Dabei betrachtet er sein Bild auf der Staffelei. Ein Dorf an einem Bach. Im Vordergrund eine Holzbrücke, welche die Dorfhälften miteinander verbindet. Davor eine gepflasterte Böschung, die man hinuntergehen kann. Fred geht hinunter und setzt sich auf die Bank, die am Ufer steht. Er schaut in das Wasser und es ist klar und ab und zu verrät eine schnelle Bewegung, dass es hier Fische gibt. Es gibt auch allerlei Grünzeug, von dem Fred den Namen nicht kennt. Es hat lange Zweige und schwingt in der Strömung auf und ab. Weiter hinten überragt ein Kirchturm das kleine Dorf und da es ein altes Dorf ist, gibt es keine höheren Gebäude als das Gotteshaus. In seinem Rücken ein dezent grün gestrichenes, mindestens 200 Jahre altes, von einem Baum überschattetes Anwesen. Der Besitzer, ein Lehrer, ist gerade aus dem Krankenhaus nach Hause gekommen und sitzt jetzt in seinem Arbeitszimmer und denkt über das Geschehene nach. Darmschmerzen, erhöhte Temperatur, bis er es für ratsam hielt, in die nahe Stadtklinik zu fahren. (Damit ist wohl klar, dass Fred den Lehrer erfindet!).
Die Straßen sind leer, der erste Ausbruch des Coronavirus hat die Menschen in ihre Häuser getrieben und eine Ausgangssperre ist verhängt worden. Er

Prudence und das Spiel des Lebens

bekommt sogar einen Parkplatz nahe des Haupteinganges der Klinik. Die Türen sind verschlossen und der hell erleuchtete Eingangsbereich wird durch ein rot-weißes Band weiträumig abgesperrt.

„Erkältungssymptome?" ruft die Dame vom Empfang durch ihre Schutzscheibe hindurch.

„Nein", gibt der Lehrer zurück. „Divertikel", denn er hatte das schon einige Male.

„Sind sie angemeldet?"

„Nein."

„Moment, ich schaue, ob wir sie behandeln können!"

Er steht allein, es wird dunkel und es ist kalt. Aber es dauert nicht lange, bis die Glasscheiben der Eingangstür auseinandergleiten.

Eine sehr freundliche, kompetente Ärztin mit breiten Hüften fragt nach seinen Beschwerden. Danach Blutabnahme – warten.

Jeder Arzt und jede Krankenschwester tragen einen Atemschutz.

„Eine verrückte Zeit", denkt der Lehrer. Wer hätte als Laie einen solchen Virenausbruch noch vor ein paar Wochen für möglich gehalten? Die freundliche, sehr kompetente Ärztin erklärt ihm, dass er hohe Entzündungswerte hat und hierbleiben muss, aber das war dem Lehrer schon vorher klar. Selbstverständlich ist er mit dem gepackten Koffer gekommen.

Fred sitzt wieder an seinem Bach, den er selbst geschaffen hat und blickt auf das Dorf, das es ohne ihn nicht gäbe.

Prudence und das Spiel des Lebens

Der Kirchturm überragt alle Gebäude, wie es sich gehört. Fred sieht, wie der Lehrer in ein Vier-Bett-Zimmer kommt und wie er sich wundert, dass alle hier, trotz der Krise, in der sie sich befinden, so freundlich sind. Er zieht sich aus und legt sich in sein Bett. Er grüßt die anderen Patienten, die aber kaum reagieren. Später wird er begreifen, warum: Die Neuen sind Störenfriede, welche die mühsam aufgebaute Routine, die so nötig ist, in dieser Lage erst einmal unterbrechen. Der Lehrer liegt also da. Er weiß, dass das Robert Koch Institut im Jahr 2008 vor genau einem solchen Virenszenario gewarnt hat und dass der Gesundheitsminister einfach – nichts – getan hat. Jetzt tun alle so, als käme das alles völlig überraschend. Natürlich wird der Minister nicht zur Rechenschaft gezogen, das wäre ja noch schöner! Seit wann tragen Politiker die Konsequenzen für ihre Handlungen? Früher sind sie immerhin zurückgetreten, um ein Jahr später in den Vorständen der internationalen Firmen aufzutauchen, deren Tun sie eigentlich in ihrer Amtszeit hätten kontrollieren sollen. Oder sie wurden in ein anderes Ressort versetzt, damit der Nachfolger dann mit Recht behaupten konnte, von – „Nichts" – gewusst zu haben. War kein Ressort frei und auch keine der internationalen Firmen interessiert, konnte man immer noch nach Europa abgeschoben werden. Würde der damalige Minister darüber nachdenken, wie viel Menschenleben er durch sein Nichtstun auf dem Gewissen hat, würde er wohl ein bis zwei schlaflose Nächte haben, denkt der Lehrer. Danach würde die Verdrängung einsetzen und das Übliche folgen: Das hat

Prudence und das Spiel des Lebens

ja keiner kommen sehen können! Die Hände werden in
Unschuld gewaschen und man kann das nächste Ressort
oder aber die nächste Aufgabe an die Wand fahren!
Fred, der Maler, nimmt sich zurück. Jetzt ist das Bild nur
noch ein Bild. Ein Dorf, das es ohne ihn nicht gäbe und
der Lehrer ist verschwunden. Nicht ganz! Fred schüttelt
den Kopf. Irgendwie wohnt dieser Bursche noch immer in
diesem grün gestrichenen Haus, das kann er fühlen! Fred
sitzt also an seinem Frühstückstisch und schaut auf das
Bild und ich denke: Würde Fred jemand fragen, was das
Leben ist, oder was das Leben ausmacht, würde er wohl
zur Antwort bekommen: Bilder malen die Geschichten,
die entstehen, während ich male, die Figuren, die es
ohne meine Geschichten gar nicht gäbe, lieben, essen,
schlafen und …
„Weißt du", sagt Fred zu mir. „Ich denke, es gibt für die
Menschen einen gemeinsamen Urgrund, aus dem alle
diese Gedanken, die ein Individuum denkt, nach oben
steigen und aus dem alle unsere Rollen kommen. Wir
formen diese Gedanken und spielen mit den Rollen,
machen ganz bestimmte Erfahrungen, je nachdem, was
wir uns ausgesucht haben, und nennen das dann
„menschliche Freiheit."
Fred steht von seinem Frühstückstisch auf und geht an
der Staffelei vorbei, auf dem ein Bild mit einem Dorf
steht. Es gibt einen gepflasterten Weg, der zu dem Bach
führt, der das ganze Dorf in zwei Hälften schneidet, eine
Holzbrücke im Hintergrund, die alles verbindet und ein
Kirchturm, der alle Gebäude überragt. Am Ende des
gepflasterten Weges steht eine Bank und im

Prudence und das Spiel des Lebens

Vorübergehen kommt es mir so vor, als habe die Figur,
die auf einen Stock gestützt davorsitzt, eine gewisse
Ähnlichkeit mit Fred. Schwarze Haare, die wie eine
Meereswelle über seinen Geheimratsecken aufragen,
dichte, schwarze Brauen und ein ebensolcher schwarzer
Bart unter einer großen Nase, der die Oberlippe verdeckt.
Ich weiß, dass er der Lehrer ist!

11. Januar 2004. (**15 Jahre nach 1989**)
Es ist dunkel, als die Bedienung ins Freie tritt.
Wie jeden Abend bleibt sie einen Moment stehen und
schaut über die dunklen Dächer der geparkten Autos
unter ihr hinweg, die ordentlich eingereiht in den dafür
vorgesehenen Rechtecken stehen. Sie braucht heute
dieses Gefühl von Sicherheit und Ordnung, da jenseits
der schwarzen Mauer, die den Hinterhof umgibt, ein
Mann auf sie wartet.
Tausend Mal hat sie es bereut „ja" gesagt zu haben,
tausend Mal hat sie sich eine Närrin gescholten, weil sie
sogar vergessen hatte, nach seinem Namen zu fragen.
Man trifft keine Namenlosen, um mit ihnen über eine
Zukunft zu sprechen, die vielleicht gar nie so stattfindet.
Andererseits denkt die Bedienung, habe ich genau das
mein Leben lang gemacht. Gut, die Männer hatten
Namen, aber die Zukunft hat noch nie so stattgefunden,
wie wir es besprochen hatten. Aber irgendwie hat das
früher doch so etwas wie Sicherheit gegeben, etwas ins
Nichts hineinzufabulieren. Ein Bild, eine Vorstellung,
sodass dieses schreckliche Nichts aufhörte, sich nach
Nichts anzufühlen.
Aber das „Jetzt" war dann immer anders gewesen. Es
hatte nie etwas mit dieser - in schöne Worte gekleideten
Zukunft gemeinsam. Vielleicht war es ja gut, wenn es
dieses Mal anders war. Sie hatten keine ins Nichts
formulierte Zukunft und so konnte sie kein Bild und keine
Vorstellung enttäuschen.
Es gab nur das Jetzt und es gab bereits eine kleine
gemeinsame Vergangenheit. Das sollte fürs Erste

genügen, denkt die Bedienung und steigt langsam die Eisentreppe in den Hinterhof hinab. Sie verflucht den Hausmeister, der die Beleuchtung noch immer nicht in Ordnung gebracht hat und kann sich nicht vorstellen, dass eine neue Beleuchtung teurer ist als eine neue Bedienung.

Das kleine Eisentor quietscht, als sie auf die Straße hinaustritt. Jetzt muss sie nur noch um die Ecke gehen und steht dann vor dem Haupteingang des Hotels, vor dem vermutlich ihr Namenloser wartet. Aber vielleicht ist er ja auch gar nicht da. Vielleicht war das alles doch nur ein übler Scherz, den sich ein Unbekannter mit ihr erlaubt hat. Die Bedienung atmet zweimal tief durch und biegt dann in die Straße zum Haupteingang ein.

Prudence und das Spiel des Lebens

1962, Schule

Wie war das damals in der Schule gewesen? Der Lehrer und der Schauspieler sowie Dr. Stuart Framingham und auch der Vater der Braut (den ich später spielen werde), sind in eine Dorfschule gegangen – jedenfalls denke ich mir das. Vielleicht auch in die Schule einer Kleinstadt, – auch das wäre möglich.

Wie auch immer, es ist einer dieser wuchtigen, hässlichen Kästen mit Erkern und Türmen und Treppen, die von tausenden kleinen Füßen schon ganz abgenutzt sind. Warum die hässlichsten Gebäude einer Stadt grundsätzlich die Schulen sind? Immerhin sind die Räume hell, da die Fenster groß sind. Der Boden Parkett, die Bänke noch abgeschrägt, aufklappbar, sodass man seinen Schulranzen hineinstopfen kann. 30 Jungen und Mädchen, vierte Klasse. Ich bin in die Tochter meines Geigenlehrers verliebt. Rehbraune Augen, lange braune Haare und mir stockt der Atem, wenn sie mit mir spricht. Unsere Oberlehrerin lässt gerade mal wieder drei der Jungs antreten: Konrad, ein Bauernsohn, Hajo der Sohn des Arztes und Josef, den alle Sepp nennen und dessen Vater ein großes Eisenwarengeschäft hat.

„Hände auf den Rücken!" Und zack, die erste Ohrfeige für Konrad. Konrad zuckt nicht. Er ist der Stärkste von uns. Ein gutmütiger, kräftiger Typ, der von klein auf zu Hause mitarbeiten musste. Und zack! Noch immer steht Konrad entspannt da.

„Setz dich!"

Konrad geht auf seinen Platz.

Prudence und das Spiel des Lebens

Und zack! Hajo weicht zurück. Er begeht sogar die
Frechheit, einen Arm zum Schutz seines Gesichtes zu
heben.
Zack zack!
„Ein Mann zuckt nicht, ein Mann weint nicht und ein
Mann fühlt keinen Schmerz und keine Furcht!", belehrt
ihn Frau Oberlehrerin, die aus dem Osten kommt und vor
dem Krieg die Tochter eines reichen Gutsbesitzers war.
Die Haare blondiert, die Lippen zu rot geschminkt,
Mitglied des hiesigen Tennisklubs. Zack Zack. Hajo
bekommt die doppelte Portion, bevor er wieder mit
zusammengekniffenen Augen so dasteht, wie man nach
der Meinung der Oberlehrerin als „Mann" dazustehen hat.
„Setzen!"
Jetzt ist Sepp dran und Sepp weiß Bescheid. Er
bekommt von seinem Vater mindestens ebenso viele
Prügel wie ich und die Ohrfeigen unserer Lehrerin sind
für uns schon fast wie „über die Wange streicheln."
Sepps Vater und mein Vater waren beide in russischen
Gefangenenlagern.
„Disziplin", sagte mein Vater immer wieder. „Disziplin und
Härte, sonst hätte ich das nicht überlebt!" Und so
bekommen Sepp und ich reichlich von Disziplin und
Härte zu spüren, damit wir später einmal überleben
können, falls wir auch in einem russischen
Gefangenenlager landen sollten!
Zack zack.
„Setzen!"
Egal ob ich nun der zukünftige Lehrer, Dr. Stuart
Framingham oder einfach nur Koschmelsky bin. Die

Prudence und das Spiel des Lebens

Generation, die uns großzog, hat den Krieg miterlebt, ist von deren Eltern an der Front verheizt worden und hat wohl selbst nicht viel Empathie mitbekommen und wir baden das nun aus! Auch um jemanden eine Ohrfeige zu geben, musst du dich ihm „zuwenden" und Zuwendung bekommen wir genug!
Nach der Schule laufen wir zusammen nach Hause. Natürlich laufen wir nicht einfach. Wir klettern ganz oben auf dem Berg, auf dem unsere Schule liegt, in die Kanalisationsröhren und haben Taschenlampen dabei. Dies ist unser Reich mit all dem Gestank, den Röhrenwänden und Ratten, die schauen, dass sie wegkommen, wenn wir auftauchen. Hier gibt es Goldschätze, Gespenster, Drachen und vielleicht auch Prinzessinnen mit braunen langen Haaren, auf jeden Fall keine Erwachsenen, die uns verprügeln und die uns sagen, was wir zu tun und was wir zu lassen haben. Wir bewahren uns unsere Welt, wir brechen nicht, wir geben nicht klein bei – niemals!
Später wird der Lehrer einmal boxen. Er ist gut darin, andere zu verprügeln und als er einmal selbst K. O. geschlagen wird, weigert er sich einfach umzufallen. Wir brechen nicht – keiner von uns, – wir geben nicht klein bei – niemals!
Wenn wir unten wieder herauskommen, mit fast leeren Batterien, müssen wir mindestens eine Stunde an der frischen Luft sein, um nicht allzu sehr zu stinken, damit es nicht gleich wieder Prügel setzt.
„Wo habt ihr euch wieder herumgetrieben, hab ich euch nicht hundert Mal gesagt ..."

Prudence und das Spiel des Lebens

Der Lehrer und der Schauspieler sowie Dr. Stuart
Framingham und auch der Vater der Braut (den ich
später spielen werde), sind in eine Dorfschule gegangen,
da bin ich mir sicher. Vielleicht war es sogar dieselbe
Klasse in derselben kleinen Stadt und vielleicht kennen
sie sich wirklich.
Es wäre denkbar ...

Prudence und das Spiel des Lebens

1977. (12 Jahre vor 1989). **Ich bin Schauspieler und lerne die Tänzerin kennen**, (die mich später verlässt) Es ist keines dieser normalen „Kennenlernen", das nicht. Schließlich kenne ich sie schon, da sie in der gleichen Jazzdancegruppe wie Erna tanzt.

Erna ist seit zwei Tagen meine Ex, da sie lieber auf eine politische Veranstaltung gegangen ist, statt mit mir ins Kino.

Ich bin ein sehr dummer, sehr grüner Junge und Erna war sehr schön und sehr treu und meine zweite Li Si, die ich seit Kindesbeinen an suchte und ich hätte sie nicht zum Teufel jagen sollen.

Aber jetzt steht die Tänzerin vor mir. Mit duftend langen, blonden Haaren und blauen Augen. Ein Weizenfeld und blaue Kornblumen. Das denke ich, weil ich nach über acht Jahren hier in Freiburg immer noch kein Städter bin. Und sie hat wunderschöne, lange, weiße Beine, die in hochhackigen Schuhen stecken. (Ich liebe schöne Beine und hochhackige Schuhe).

Deep Purples „Smoke On The Water" hämmert durch den kleinen, dunklen, verqualmten Partyraum des Jugendzentrums und wir können uns nur schreiend verständigen.

Wir gehen nach draußen.

Ich bin kein Städter, weil ich kein Städter sein will. Die glücklichsten Tage meiner Jugend habe ich in den Ferien auf einem Bauernhof verbracht, habe Ställe ausgemistet, Kälbchen in die Welt gezogen, bei der Ernte geholfen und bin durch die Felder und Wiesen und auch Wälder des Bauernhofes gestreunt. Es war ein sehr großer

Prudence und das Spiel des Lebens

Bauernhof mit drei eigenen Quellen, aus denen wir ab und zu ein ertrunkenes Reh ziehen mussten. Es gab auch einen kleinen Weiher mit vielen Enten und Gänsen. Er lag in einem kleinen Wäldchen und war einer meiner Lieblingsplätze.

Wenn die Felder abgemäht waren, sind mein Onkel und ich mit einem alten Opel Kapitän mit Weißwandreifen und einer Dreigang-Handschaltung über die goldgelben Stoppeln der riesigen Ebene gebraust. Wir hingen die Arme aus den Fenstern und das Radio spielte Hermanns Hermits, die Beach Boys oder „Death Of A Clown" von Dave Davies, oder was auch immer damals angesagt war. Die goldene Straße war endlos und wir fuhren darauf entlang. Über uns der blaue Himmel und alles war so, wie es sein sollte.

Natürlich ging der Anlasser nicht mehr, weil das alte Auto das ganze Jahr über in der Scheune bei den Hühnern stand und Bernhard die Batterie ausgebaut hatte. Aber wir spannten es vor den Traktor und zogen es an. Es gab zwei Traktoren. Einen roten Porsche und einen alten Hermann Lanz, der noch ein Holzlenkrad hatte und vor dem Krieg gebaut worden war. Wenn wir den fuhren, knallte es wie mit einem Maschinengewehr. Ich war damals zwölf Jahre alt und im Paradies!

Abends fuhren wir mit einer Garelli an den Bodensee und mein Onkel legte sich so in die Kurven, dass die Fußaufsteller funkensprühend über den Boden schleiften. Wenn wir ins Wasser gingen, kamen wir mit allerlei Grünzeug behangen wieder heraus und während des Schwimmens hatte man das Gefühl, durch unterirdische

Prudence und das Spiel des Lebens

Wiesen zu schwimmen. Der See war gerade am Umkippen und das Wasser hatte irgendwie zu viel von irgendetwas, sodass dieses Grünzeug überall wucherte. Das war schade und ich hatte den See auch schon anders gekannt. Klar, frisch und mit vielen Fischen darin. Wenn man jedoch nicht ins Wasser ging, sah er noch immer schön aus und ein paar Kilometer weiter auf der anderen Seite war die Schweiz.
Wir hätten rüber schwimmen können, das wäre kein Problem gewesen.
Wir saßen eine Weile da und sahen der Sonne zu, wie sie eine Goldstraße auf die Wasseroberfläche zauberte und dann verschwand. Die goldene Straße war endlos und ich fuhr darauf mit meinem Opel entlang und alles war so, wie es sein sollte. Jedenfalls träumte ich davon, wenn wir am Ufer saßen.
Ich wollte nichts besitzen, keine Versicherungen abschließen oder Politiker sein, ich träumte von schönen Frauen (mit langen Beinen in hochhackigen Schuhen), las Gedichte und Bram Stockers Dracula. Meine Kinder spielten (in meinen Vorstellungen für die Zukunft) hier auf dem Bauernhof, badeten mit mir im See, hörten sich abends mit offenen Mündern Geschichten an und ihre kleinen Seelen spazierten des Nachts unter freiem Himmel unter einem Dach behangen mit Sternen. Mehr Welt hätte ich nicht gebraucht. Davon habe ich damals geträumt!
Acht Jahre schon war ich nicht mehr dort gewesen und ich vermisste es, wie man nur irgendetwas vermissen kann.

Prudence und das Spiel des Lebens

Acht Jahre ohne Feen und Geister, ohne Zauberer, ohne Außerirdische, ohne Ritter und Drachen, ohne Prinzessinnen. Ohne mit meinem Opel Kapitän auf Goldstraßen zu fahren. Acht Jahre!
Nur die Musik drückte in dieser Steinwüste der Stadt noch aus, was ich empfand, meine Freunde jedoch waren verschwunden, weil wir ständig umgezogen sind. Die Städte wechselten, aber Russland und das sibirische Lager nahmen wir bei jedem Umzug mit. Ich hatte nicht einmal mehr einen Hund, mit dem ich sprechen konnte. Unsere Mutter sorgte dafür, dass er verschwand! Ich bin kein Städter, weil ich es nicht sein will.

Ich lerne also die Tänzerin kennen. Die Tänzerin mit ihren vielen Verehrern, ihren langen blonden Weizenfeldhaaren und den Kornblumenaugen.
„Erzähl mir von Erna", sagt sie und ich frage: „Warum willst du etwas über sie wissen?"
Die Kornblumenaugen werden nass und der Lidschatten verläuft und zieht schwarze Bahnen über die weißen Wangen. Irgendetwas zieht sich in mir zusammen, weil sie so schön ist und so gut duftet.
Ich verstehe jetzt, warum die Verehrer bei ihr Schlange stehen, denn jeder Schritt, den sie macht, ist ein Versprechen.
„Weil Erna jetzt mit Max zusammen ist", sagt sie.
Max war ihr Ex-Lover, sodass jetzt meine Ex-Freundin und ihr Ex-Lover zusammen waren.
„Das ging ja schnell", denke ich. „Drei Tage!"

Prudence und das Spiel des Lebens

Es ist Nacht und es ist warm und wir laufen die baumgesäumte Straße entlang.
„Erzähl mir von Erna", sagt sie noch einmal.
„Sie ist wunderschön ...", aber das ist nicht das, was die Tänzerin hören will. Also erzähle ich ihr ein wenig von dem, was ich denke, dass sie hören will und atme dabei Bäume.
Ich bin kein bisschen daran interessiert, etwas von Max zu erfahren und ich hoffe, die Tänzerin würde nicht davon anfangen, aber sie tut es doch.
Wir laufen also die baumgesäumten Straßen entlang und ich höre zu, während der Mond zwischen den Giebeln der Häuser steht.
Ich träume von goldenen Wasser- oder Weizenfeldstraßen, auf denen ich mit meinem Opel fahre und atme Bäume.
Die Tänzerin erzählt. Sie erzählt, als wir bei mir zu Hause sind, sie erzählt, nachdem wir zusammen geschlafen haben und sie weint die ganze Zeit dabei.

Prudence und das Spiel des Lebens

Da vorne ist er!

Das Herz der Bedienung klopft wie wild. Er sieht so gut aus, wie sie ihn in Erinnerung hat. Groß, breitschultrig, sanfte, braune Augen und braunes, halblanges Haar. Er trägt einen Mantel, an dem eine Kapuze mit Pelzbesatz ist. Olivgrün, soweit sie das sehen kann, denn es ist bereits dunkel geworden. Die Schichten im Hotel sind lang und ohne ihre Mutter könnte sie nicht arbeiten gehen. Wenn sie nach Hause kommt, schläft der kleine Tobias bereits. Sie wird sich in sein Zimmer schleichen und eine Weile neben seinem Bettchen sitzen. Das ist es, worauf sie sich den ganzen Tag freut, zu sehen, wie der Kleine selig mit seinem Teddy im Arm schläft. Dann weiß sie, warum das Leben gut ist und warum sie zu den glücklichen Menschen auf diesem Planeten gehört.

„Schön, dass du gekommen bist", sagt der große, breitschultrige Junge mit den sanften, braunen Augen.

„Wie heißt du?", fragt die Bedienung.

„Josef."

Josef also. „Josef passt zu ihm!", denkt sie. Sie schaut ihn an und will erst einmal ein paar Dinge klarstellen. „Ich bin alleinerziehende Mutter", sagt sie und Josef lächelt ihr freundlich zu.

„Das hast du bereits gesagt und dass dein Junge fünf Jahre alt ist."

„Bald sechs."

„Bald sechs", nickt Josef.

„Und, ich habe das noch nie gemacht", sagt die Bedienung.

„Was hast du noch nie gemacht?"

Prudence und das Spiel des Lebens

„Mich mit einem Unbekannten verabredet!" Es klingt fast
ein wenig trotzig.
Josef nickt. „Für mich ist es auch das erste Mal", sagt er.
„Komm, lass uns ein Stück weit gehen."
Und sie laufen die Straße entlang Richtung Innenstadt.
Ab und zu berühren sich dabei ihre Arme und es fühlt
sich gut an. Irgendwie sieht die Stadt heute anders aus,
findet die Bedienung.
„Wie heißt du?"
„Karin", sagt die Bedienung.
„Ein schöner Name", sagt er „er passt zu dir!"
Josef und Karin also sind es, die durch die hell
erleuchtete Innenstadt laufen. Sie kommen an einem
Buchladen vorbei und Josef bleibt stehen.
„Was für einen Beruf hast du?", fragt die Bedienung.
„Ich bin Schauspieler", sagt Josef.
„Schauspieler", sagt die Bedienung. „Ein seltsamer
Beruf." Sie schaut mit ihm zusammen die Bücher an, die
hell erleuchtet in der Auslage liegen.
„Das könnte deinem Buben gefallen", sagt Josef und
zeigt auf einen Einband. Gelb mit einem kleinen Bären
drauf.
„Oh wie schön ist Panama", liest sie, aber da zeigt Josef
schon auf den nächsten Bildband. Sie sieht in von der
Seite her an und er sieht jetzt aus, als stecke er voller
Geschichten. Er scheint nicht mehr hier zu sein, sondern
vielleicht zu Hause bei diesem kleinen Bären oder dort,
wo ein Lokomotivführer und ein kleiner schwarzer Junge
sind. Gleichzeitig steht er jedoch unzweifelhaft neben ihr.

Prudence und das Spiel des Lebens

„Warum glaubst du?", fragt er und zieht sie ein kleines Stück weit zur Seite, um auch noch die anderen Bücher anschauen zu können.

„Warum glaubst du was?", fragt Karin.

„Warum glaubst du, dass Schauspieler ein seltsamer Beruf ist?"

„Irgendwie kommt mir das so irreal vor", sagt die Bedienung.

„Es ist genauso real, wie ein Buchhalter zu sein", versucht Josef zu erklären.

Hinter ihnen hasten Menschen durch die hell erleuchteten Straßen und irgendwo bimmelt ärgerlich eine Straßenbahn.

„Ob eine Straßenbahn wirklich ärgerlich sein kann?" Die Bedienung weiß es nicht. Sicher, in den Geschichten, die sie auch dem kleinen Tobias vorliest, gibt es das genauso wie glückliche Züge, weinende Bäume, Elfen, Zauberinnen und Magiers. Aber natürlich nicht in der Realität, nicht im wirklichen Leben. Obwohl die Bedienung, die Karin heißt, nicht so genau weiß, was Realität ist. Jedenfalls nicht im Moment. „Nun gut", sagt sich Karin. „Ich stehe hier auf meinen beiden Füßen. Neben mir steht Josef, der ein Schauspieler ist. Ich bin Mutter und ich habe einen kleinen Jungen …" Und die Bedienung zählt im Stillen auf, was für sie tatsächlich im Leben vorhanden ist. Ohne Zweifel wahr, für jeden sichtbar. „Also gibt es mich wirklich", denkt sie und sie kneift Josef in den Unterarm. Auch er ist real und schaut sie ein wenig verwundert an. Dann lächelt er. „Auch ich

Prudence und das Spiel des Lebens

mache das manchmal", sagt er. „Wenn ich anfange, mich in einer Rolle zu verlieren."
Sie gehen weiter.
„Wie ist das ein Schauspieler zu sein?", hakt die Bedienung jetzt doch noch einmal nach.
„Eigentlich völlig normal. Du lernst die Rollen, die du spielst, nur nicht von deinen Eltern oder deiner Umwelt, sondern aus einem Buch. Das ist der einzige Unterschied."
„Und, dass du dich auf einer Bühne oder in einer Kulisse bewegen musst."
„Na ja", sagt Josef. „Unsere Kulisse ist gerade das hier!" Und Josef zeigt mit einer weit ausholenden Bewegung auf die Stadt. „Auch wir bewegen uns also in einer Kulisse."
Plötzlich bekommt die Bedienung Angst und ist sich nicht sicher, ob dieser Kerl dieser Schauspieler, das hier nicht nur wie ein Theaterstück sieht und sie ist plötzlich ein wenig wütend. „Ich bin real!", sagt sie ein wenig heftig. Und Josef sieht sie mit seinen sanften, braunen Augen an.
„Natürlich bist du das."
„Keine deiner Figuren aus einem Stück!"
„Nein"
„Vergiss das nie!"
„Niemals", versichert Josef und nimmt ihren Arm.
„Weißt du …" beginnt er plötzlich zu erklären. „Wir verbrauchen unsere Rollen. Wir erzählen sie dem Publikum so lange, bis es keinen mehr interessiert. Du merkst es daran, dass immer weniger Menschen im

125

Prudence und das Spiel des Lebens

Zuschauerraum sitzen und dann ist das Stück plötzlich
vorbei. Das, was du ein oder zwei Jahre in einem
bestimmten Rahmen gewesen bist, hat sich dann
plötzlich erledigt, genauso wie bei einem Menschen, der
durch besondere Umstände oder eine Krankheit aus
seinem normalen Leben gerissen wird."
Karin denkt an ihren Opa Karl, der sein ganzes Leben
lang ein Abteilungsleiter einer ziemlich bedeutenden
Firma war und der dann plötzlich in Rente musste und
wie er zerfiel, weil er plötzlich nichts mehr mit sich
anzufangen wusste. Seine Rolle war verbraucht und er
fand einfach keine neue. Dabei war Opa Karl für Karin
immer Opa Karl. Er hätte für sie sein können, was immer
er wollte, es wäre nicht wichtig gewesen!
„Es ist schlimm, wenn man keine Rolle mehr hat", sagt
sie dann unvermittelt und Josef nickt.
„Schlimm, wenn man keine Phantasie, oder keine
Vorstellung für eine andere Rolle hat, die man genauso
spielen könnte. Und das gilt für Schauspieler genauso
wie für normale Menschen", sagt Josef.
„Aber können wir wirklich jede Rolle sein und wenn eine
verbraucht ist, einfach eine andere nehmen? Sind wir
dann wirklich noch da?"
„Nicht, wenn du vorher geglaubt hast, diese andere alte
Rolle zu sein!", sagt Josef und schaut in das
Schaufenster voller Geschichten vor sich.

Prudence und das Spiel des Lebens

1990. Noch immer (oder schon wieder) ein Lehrer...
Manche Dinge kommen immer wieder! Oder sie weigern
sich zu gehen, bevor sie abgeschlossen sind.
Ich schließe also ab. Wieder vor der Klasse: Ehemalige
Verkäufer, Betonmischer, ein Bankdirektor mit seinem
Burn-out, ein Doktor der Philosophie, Friseurinnen,
ehemalige Krankenschwestern und und und – ein
Querschnitt durch unsere Gesellschaft.
Ich doziere weiter: „Ich zeige Ihnen jetzt, wie Sie
innerhalb von fünf bis sieben Jahren als Buchhalter
sechsstellig verdienen können. Interessiert?"
Natürlich sind sie interessiert, denn außer dem
Bankdirektor hat noch nie jemand so viel Geld auf
seinem Lohnzettel gesehen.
„Also zuerst brauchen Sie dazu eine Ausbildung, die Sie
gerade begonnen haben. Zwei Jahre ..." Ich schreibe
zwei Jahre an die Tafel. „Danach müssen Sie ein Jahr
lang im Rechnungswesen gearbeitet haben ..." Ich
schreibe ein Jahr darüber. „Nach diesem Jahr können Sie
sich berufsbegleitend bei der IHK zu einem
Bilanzbuchhalterkurs anmelden, der zwei Jahre geht.
Dieses eine Jahr plus die zwei Jahre Kurs ergeben die
drei Jahre Berufserfahrung, die Sie brauchen, um zur
Bilanzbuchhalterprüfung zugelassen zu werden. Das sind
insgesamt fünf Jahre ab jetzt." Ich warte ein wenig, bis
auch der Letzte nachgerechnet hat. „Jetzt noch ein, zwei
Jahre als Buchhalter arbeiten und Sie können sich als
stellvertretender Abteilungsleiter eines größeren
Unternehmens verdingen, oder in die Schweiz gehen
oder Abteilungsleiter eines mittelständischen,

inländischen Unternehmens werden und -" meine allseits
beliebte Kunstpause. „Sechsstellig verdienen!"
„Wenn das so einfach ist, warum macht das denn
keiner?", fragt der Betonmischer und sein rundliches
Gesicht schaut wie ein kleiner Vollmond zu mir auf.
„Weil es ungefähr 68 % der Teilnehmer eines solchen
Kurses nicht schaffen!"
„Aha", sagt der Betonmischer und fährt sich mit der Hand
über seinen kurzen Bürstenhaarschnitt. „Wohl doch nicht
so einfach!"
„Eigentlich scheitern die meisten der Leute nicht an der
Prüfung, sondern an dem Zeitaufwand, den man für
einen berufsbegleitenden Kurs aufwenden muss. Zwei
bis drei Mal in der Woche, drei Stunden lang, nach acht
Stunden normaler Arbeit hinzusitzen und zu lernen, ist
einfach hart!" Ich warte, bis das alle verdaut haben.
„Sie können sich mit diesem Beruf auch andere
spannende Stellen aussuchen. Zum Beispiel beim
Deutschen Entwicklungsdienst in allen Regionen der
Welt, denn die Buchhaltung ist überall gleich und wo Sie
letztendlich arbeiten können, bestimmen ausschließlich
ihre Sprachkenntnisse. Oder sie machen sich
selbstständig, oder sie bieten Ihre Kenntnisse den
Berufsschulen als Lehrer an und und und. Die
Vorstellung, die sie von einem Buchhalter mit sich
herumtragen, entspricht der Realität in keiner Weise.
Schauen sie heute mal in die Zeitung", schlage ich vor.
„Da sind mindestens zehn freie Buchhalterestellen drin,
die darauf warten, von ihnen besetzt zu werden!"

Prudence und das Spiel des Lebens

Ich habe es geschafft, das kann ich sehen, der Lehrer hat seine Schüler interessiert. Jetzt muss ich nur noch aufpassen, dass dieses Interesse die nächsten zwei Jahre nicht erlischt!

Prudence und das Spiel des Lebens

Herbst 1977. (12 Jahre vor 1989). Die Tänzerin
Sonne, Hitze, drückend über der Straße des kleinen
Dorfes. Stillstand. Schwüle zwischen den Häusern wie
ein Meer, das alles verflüssigt, aufsaugt, verwässert.
Der Klang von Stöckelschuhen, tack, tack, tack.
Blonde, lange Haare. Gefärbt wie Seide schwingen auf
und ab. Weiche Wellen im Rhythmus der Schritte. Blaue,
große Augen (Bergseen) und in der Mitte ein Punkt, der
neben der Iris schwimmt.
An der alten Mauer des Gutshauses vorbei. Ein schönes,
ebenmäßiges Gesicht. Sinnliche Lippen, rot bemalt,
dunkel, so wie er es mag. Die Schritte wiegend, elastisch.
Der Gang einer Tänzerin.
Ihr gehört die Welt. Sie studiert Sprachen und tanzt im
Theater. Bildhübsch, durchtrainiert und unglücklich. Eine
Mischung, die unwiderstehlich macht!
Wären Männer auf der Straße, würden sie stehen bleiben
und ihr nachsehen, bis sie um die nächste Ecke
verschwunden wäre.
Sie ist nicht zu übersehen. Auf jeder Party eine Traube
von Verehrern, die an ihren Lippen hängen, für die jedes
Wort wie eine Offenbarung klingt.
Doch heute ist sie allein. Keine Verehrer und keine
Offenbarung. Sonne, Sommer, drückend. Tack, tack,
tack, an der alten Mauer des Gutshauses entlang. Rote,
sinnliche Lippen, der Gang einer Tänzerin, ein schönes
Gesicht und Haare wie ein duftendes, vom Winde leicht
bewegtes Weizenfeld.
Sie wird heute 20 Jahre alt, zur Mutter werden, von dem
Kerl, dem sie schon zwei Jahre nachläuft, der trinkt, boxt,

Prudence und das Spiel des Lebens

Gedichte schreibt und ein depressiver Schauspieler ist.
(Von mir).
Ein Tag, der ihr Leben verändern wird.
Sonne, Sommer, drückend. Tack, tack, tack, an der alten
Mauer des Gutshauses entlang.

Prudence und das Spiel des Lebens

Februar 89, Fred

Es ist ein offenes Fenster. Die Rahmen weiß und links davon ein ockerfarbenes, altes, italienisches Landhaus. Apfelbäume verdecken den größten Teil der grob gefügten Mauer und Fred malt Äpfel an die Zweige. Rote Äpfel, Äpfel mit grün-gelben Backen, schwer, prall, süß oder sauer. Ja, Fred malt auch den Geschmack, ich spüre das, weil mir das Wasser im Mund zusammenläuft.

„Warum die Leute von der Malerei so fasziniert sind?", fragt Fred.

Ich schaue ihn an.

„Das ist ganz einfach", sagt Fred. „Weil Malerei das Bild einer geistigen Vorstellung aus einer geistigen Welt ist. Die nächste Stufe wäre die Verdichtung, die Materialisation verstehst du?"

Ich nicke und verstehe keinen Ton.

Fred schüttelt den Kopf. „Ich male das Bild einer Idee eines Gedankens Framingham kapiert? Ideen sind so etwas wie die Vorstufe der Schöpfung", sagt Fred und drapiert grüne, etwas ledrige Blätter an die Äste. „Und ich male ein Bild dieser Idee. Der nächste Schritt wäre das Erschaffen dieses Baumes in der Realität!"

„Dann wärest Du Gott!"

„Tja", sagt Fred. „Das wäre ich dann wohl ..." Fred malt weiter. Zypressen im Hintergrund auf einem grün bewachsenen Hügel. Toskana. Fred liebt die Toskana!

„Oder ich wäre ein Bühnenbildner, der diese Idee eines Bildes einfach nachstellt. Oder einfach nur ein Mensch, der die Idee eines Autos hat und dann das Material um diese Idee herum anordnet. Vielleicht ein Zimmermann, der das Bild eines Tisches mit sich herumträgt, um es dann mit Holz nachzubauen, ihm Substanz zu geben? (34 Jahre später wird Fred etwas ganz ähnliches zu einem Reporter sagen.)

Fred macht eine Pause. Er trägt wie immer diesen langen grauen Kittel und Jeans darunter. Hager, schwarze Haare, dichter Bart und funkelnde Augen. Fred geht ein paar Schritte zurück und betrachtet sein Werk. „Morgen male ich die Kulisse für dein Büro", sagt er und malt noch einen Olivenbaum auf die linke Seite. „Ich erschaffe deine Welt, verstehst du Doktorchen und du kannst dann dort deine Patientinnen verführen!"

„Danke Fred."

„Deine Frau hat dich verlassen?"

„Ja."

Fred nickt. „Und die Kinder?"

„Sind jetzt bei mir."

„Bleiben sie da?"

„Das wäre schön", sage ich.

Prudence und das Spiel des Lebens

Oktober 2012. 23 Jahre nach 1989. (Ich bin ein Schauspieler, noch immer)
Ich liege in einem dunklen Raum. Neben mir eine hübsche junge Lehrerin, Hauptschule. Wir liegen ausgestreckt auf dem Rücken. Abgedeckt. Die Luft voller orientalischer Gerüche und ich reise in meine Vergangenheit zurück. 24 Jahre und ich bin wieder 12 Jahre alt.
Grüne Wiesen, ein großer Bauernhof und daneben flach geduckt, das ehemalige Gesindehaus, in dem es jetzt nur noch Schweine und Hühner gibt und ein Reh, dem ein Bein fehlt, weil es vor dem Mähdrescher nicht davongelaufen ist.
Links - von Bäumen umstanden - ein kleiner Weiher und das Geratsche von Enten und Gänsen. Ich laufe den Weg entlang zu meinem Baum. Meinem Baum, auf dem ich ganze Nachmittage gesessen habe. Nachmittage mit der drückenden Ruhe einer heißen Sonne. Nachmittage voll dem trägen Summen der Bienen und dem müden, schweren Schnaufen der Kühe und Stiere in dem Stall vor mir. Nie ist die Welt so zufrieden, so vollkommen, so ohne Anfang und Ende wie an einem solchen Nachmittag.
Ich habe wieder ein Buch dabei und ich klettere den Baum hinauf, um zu lesen. Die Äste fühlen sich rau an, aber es ist angenehm schattig zwischen der Baumkrone des großen Nussbaumes. Hier habe ich jahrelang meine Ferien verbracht. Hier war mein kleines Paradies und jetzt bin ich wieder zurück. Meine Tante lebt noch und auch der Großvater und der Chef. Am Morgen sind

Prudence und das Spiel des Lebens

Bernhard und ich aufgestanden und haben die Kühe gemolken, die schweren Messingkannen auf den Traktor geladen und haben sie in die Molkerei gebracht. Landfrauen mit Kopftüchern, groben Kitteln und roten Wangen. Sie wuchten die schweren Messingkannen mit der Milch in den Bottich und schöpfen mit Holzlöffeln den Rahm ab.

Später sitzen wir dann mit ihnen an dem großen Tisch in der Halle und frühstücken. Die Frauen mögen mich. „Schmal gewachsen und diese Hüften!" sagen sie immer wieder zueinander. Und wann immer sie können, umarmen sie meine Taille. Die Männer knurren dann wie Hunde an der Kette, aber sie lassen sie gewähren. Schließlich bin ich erst 12 Jahre alt und auch ihnen gefällt es, wenn ich verlegen werde.

Ihre Töchter werden es hassen, Landfrauen zu sein. Ihr Ziel ist es nicht mehr anzupflanzen, einen Hof zu versorgen, im Stall zu schuften und nach Kuhdreck zu stinken. Sie werden in Büros arbeiten, in Fabriken, abends in die Disco gehen, aufgemotzt, damit niemand sieht, wer ihre Eltern sind. Sie werden die Zeit nicht mehr damit verbringen, in die wunderschöne Natur zu schauen, sondern die Realität auf dem Display ihres Computers suchen.

Unter der Woche werden sie davon träumen, Superstars zu werden, ihren Traumprinzen zu treffen und von ihm in ein sorgen-freies Leben entführt zu werden.

Sie nehmen an Castings teil, produzieren sich in Shows, werden Miss Beach in ihrem Stammlokal und sind so beschäftigt, dass sie nicht einmal merken, dass man

Prudence und das Spiel des Lebens

ihnen diese Nachmittage gestohlen hat. Nachmittage mit der drückenden Ruhe einer heißen Sonne. Nachmittage voll dem trägen Summen der Bienen und dem müden, schweren Schnaufen der Kühe und Stiere im Stall. Ich liege in einem dunklen Raum. Neben mir eine hübsche junge Lehrerin, Hauptschule. Wir liegen ausgestreckt auf dem Rücken. Abgedeckt. Die Luft voller orientalischer Gerüche und ich muss wieder in die Gegenwart zurück.

Prudence und das Spiel des Lebens

Spätherbst 1981. (8 Jahre vor 1989)
Ich bin seit drei Jahren verheiratet.
Ich sitze auf der Bordsteinkante. Es hat leicht geregnet
vor ein paar Stunden und die Straße ist an vielen Stellen
noch nass. Ich rauche eine Zigarette und habe meiner
Tochter den inneren Teil meiner Streichholzschachtel
gegeben, den sie jetzt in eine Pfütze schiebt. Ein leichter
Stups mit dem Finger und das weiße Boot geht auf große
Fahrt. Wir sitzen auf der Straße eines unglaublich flachen
Tals, das unser Zuhause ist. Vor mir die Weinberge des
Kaiserstuhls, hinter mir Felder, eingerahmt von einem
großen Wald. Und jetzt das Meer! In einer Pfütze, ich
weiß, aber es ist das Meer! Ich höre die mächtigen
Wellen ans Ufer schlagen, fühle den Sturm, sehe die Not,
in der sich Schiff und Mannschaft befinden und weiß,
dass dies noch die geringeren Gefahren sind, die in
diesen Stunden bestanden werden müssen.
Meine dreijährige Tochter in der Hocke sieht mich an. Nur
kurz. Blonde Haare, grüne Augen, ein rundes,
strahlendes Kindergesicht.
Ich bin in der Welt angekommen, wie damals auf dem
Baum. Von mir aus könnte dieser Augenblick Ewigkeiten
dauern, was er auch tut. Aber dann ist die kleine
Schachtel voller Wasser und will nicht mehr schwimmen.
Vorwurfsvoll zeigt meine Tochter auf den gestrandeten
Segler. Ich rette Schiff und Mannschaft und halte es,
während wir weiter gehen in der flachen Hand, damit
alles trocknen kann. Hand in Hand, die Straße entlang.
Ich bin wach, ich bin da und ich will nie mehr irgendwo
anders sein!

Prudence und das Spiel des Lebens

Später sitze ich wieder da, während Rebecca einen rot gepanzerten Käfer im Gras verfolgt. Ein riesiger Urwald voll dunkler Gefahren und Monstern. Die Bäume und Gräser himmelhoch, exotisch, sonnengelb, leuchtend rot. Schön und gefährlich. Meine Tochter steht auf. Der Käfer ist verschwunden. Sie nimmt meine Hand und zeigt mir die Welt.

Februar 89. Der (Wende)Punkt.

Die Tänzerin

„Ich gehe", sagt die Tänzerin. „Hier habe ich nichts mehr verloren."

Sie ist zurückgekommen und sitzt auf meinem Bett. Ihre blonden Haare verdecken halb ihr Gesicht. So schön, so unglücklich und voller Schuld, dass es wehtut.

„Wohin willst du?", frage ich.

„Ich habe eine Wohnung", sagt sie und es ist mitten in der Nacht und sie ist nach sechs Wochen plötzlich da, um es mir zu sagen.

„Die Kinder nehme ich mit", sagt sie, „aber, du kannst sie jeden Abend besuchen und sie ins Bett bringen."

„Danke", antworte ich.

„Sie brauchen dich", erwidert die Tänzerin.

„Danke", sage ich noch einmal.

„Hör auf dich zu bedanken."

Wir schweigen eine Weile, während die Tänzerin auf der Bettkante sitzt und ihre Hände ansieht.

„Mach dir keine Vorwürfe", sage ich. „Es ist nicht deine Schuld."

Die Tänzerin sieht mich an. Sie ist so schön und unglücklich, dass es mich zerreißt.

„Du bist eigentlich ganz ok", sagt sie.

„Wie machen wir es an den Wochenenden?"

Die Tänzerin zuckt die Schultern. „Jedes zweite Wochenende?"

„Ich würde sie gerne jedes Wochenende sehen." Ich bin wütend, aber ich zeige es nicht. Zwei Monate lang war sie einfach verschwunden und hatte sich weder um die Kinder noch um sonst etwas gekümmert. Und jetzt taucht sie auf und nimmt sie einfach mit? „Ruhig", denke ich. „Wenn ich jetzt streite, wird es hässlich. Denk an die Kinder!"

„Sie brauchen dich", sagt die Tänzerin noch einmal. „Ich denke, das geht in Ordnung."

Sie zögert einen Moment, bevor sie aufsteht. „Morgen hole ich meine Sachen."

„Nimm mit, was du brauchst", sage ich. „Mir ist es egal."

„Du bist in Ordnung", sagt die Tänzerin, „aber, es hat nicht gepasst."

„Ich habe es verpatzt", erwidere ich. (Was natürlich so nicht stimmt).

„Nicht nur du", sagt sie.

„Nein, nicht nur ich, aber in der Hauptsache schon."

Ich will keinen Streit und ich will keine Rechtfertigungen.

„Du kannst jedem sagen, dass ich es verpatzt habe."

Die Tänzerin sieht mich dankbar an.

„Danke", sagt sie.

„Du brauchst dich nicht zu bedanken."

Die Tänzerin steht auf und geht und ich weiß, dass ich es morgen den Kindern sagen muss.

Prudence und das Spiel des Lebens

Juli 1990. Nach Prudence
Charlotte.
Probe für das Stück „Trotz aller Therapie".
Es ist heiß heute und später Nachmittag. Alle Fenster
und Türen des kleinen Theaters sind offen. Doch es ist
zwecklos. Da, wo es vor Urzeiten einmal Wind oder doch
zumindest ein kühlendes Lüftchen gegeben hat, existiert
jetzt nur noch Hitze. Stehende Wattehitze. Der Himmel
draußen blau und tief wie das Meer. Ich sitze in der
ersten Reihe und sehe zu, wie Bruce mit seinem
Liebhaber Charlottes Praxis betritt. Charlotte ist in
unserem Stück die Therapeutin von Bruce.
Ihre Praxis besteht heute nur aus einem weißen
Campingtisch und zwei weißen Campingstühlen. Unsere
Regisseurin ist der Ansicht, dass wir der Fantasie Raum
geben müssen und dass dieser Raum kleiner wird, wenn
wir mehr als nur Anhaltspunkte hineinstellen.
Im seltsamen Kontrast zu dieser Freigeistigkeit steht die
Akribie, mit der sie jede Szene, ja eigentlich jeden Satz
immer und immer wieder üben lässt.
Regisseurin: „Verdammt Charlotte …"
Natürlich heißt Charlotte nicht Charlotte, sondern Anna.
Aber solange Maria unsere Regisseurin ist, müssen wir
unsere Rollen
s e i n.
Das gilt im Theater und auch danach, wenn wir noch in
die Kneipe oder auf Veranstaltungen gehen.
(Mit unserer Regisseurin in der Kneipe):
Kneipenbekanntschaft zu mir: Was machst du beruflich?
Ich: Ich bin Schau …

Prudence und das Spiel des Lebens

Da trifft mich ein harter Tritt von Maria unter dem Tisch, sodass mir beinahe die Luft wegbleibt.

Ich: ... bin Psychiater.

Kneipenbekanntschaft: Oh.

Ich: Verdammt sexy, was?

Kneipenbekanntschaft: Wie meinst du das?

Ich: Na, die meisten Frauen finden mich total sexy!

Kneipenbekanntschaft: (Schaut irritiert). Ich kenne dich kaum.

Ich: Das können wir ändern Schätzchen.

Kneipenbekanntschaft: Ich bin nicht dein Schätzchen!

Ich: Das können wir ebenfalls ändern.

Kneipenbekanntschaft: Also das geht mir jetzt wirklich zu schnell.

Ich: (erschrocken). Zu schnell? Woher ... ich meine, wie meinst du das?

Kneipenbekanntschaft: Na ja, das klingt ja so, als ob wir in den nächsten 5 Minuten miteinander ins Bett steigen.

Ich: Tun wir das nicht?

Kneipenbekanntschaft: Nein!

Ich: Dann vielleicht in 10 Minuten?

Kneipenbekanntschaft: Nein!

Währenddessen sieht Maria zu und ist zufrieden. So hat sie sich ihren Doktor Stuart Framingham vorgestellt, schmierig, komplexbeladen, machohaft, genau so. Und ich? Nun, ich mache mit dieser Rolle im realen Leben neue, oftmals erstaunliche Erfahrungen. (Zum Beispiel Frauen lieben Arschlöcher!)

Ich: (auf dem Rücken liegend eine Zigarette rauchend). War ich wieder gut heute!

Prudence und das Spiel des Lebens

Kneipenbekanntschaft: Das warst du Doktorchen, das warst du!

Juli 1990, Charlotte

Regisseurin: „Verdammt Charlotte, mir ist genauso heiß wie dir. Jetzt reißt dich doch mal zusammen!" (Maria benutzt das Wort „verdammt" eigentlich in jedem dritten Satz).

Maria mit ihren schwarzen Korkenzieherlocken und ihrem schneeweißen Teint. Maria mit den pechschwarzen Kohlenaugen, die fast immer einen leicht fiebrigen Glanz haben. Maria, die andauernd wütend scheint und Maria, die uns mit ihrer Leidenschaft immer wieder in ihren Bann zieht. Mittelgroß, mittelschlank und auf ihre spröde Art durchaus attraktiv.

Regisseurin: Das ist doch nicht so schwer! Bruce ist dein Patient, der dich um einen Termin gebeten hat. Verdammt dringend verstehst du?

Charlotte: (nickt).

Regisseurin: Ja, also und jetzt kommt er zu zweit, bringt einen Liebhaber mit, von dem du überhaupt nichts gewusst hast. Du bist irritiert verdammt noch mal, kapierst du das nicht? Du hast nicht gewusst, dass er bisexuell ist und falls du es gewusst hast, ist dieses Wissen längst in deinem unterzuckerten Gedächtnis verschwunden.

Charlotte: Doch ...

Regisseurin: Dann sei irritiert!

Ich merke, wie ich Charlotte schon eine ganze Weile anstarre.

Sie ist klein, drahtig, mit energisch geschmeidigen Bewegungen. Katzenhaft.

Prudence und das Spiel des Lebens

Sie hat wunderschöne Beine braun gebrannt, die in kurzen Turnhosen stecken. Ihre kleinen, kegelförmigen Brüste stehen steil nach vorne und ihre übergroßen Brustwarzen sind schon wieder hart und zeichnen sich deutlich unter dem Stoff ihres schulterfreien Shirts ab. Ich starre sie an und sie mich. Immer wieder. Augenkontakt. Löcher in Seelen brennend. Blut in Körperteile sendend, die das Denken unmöglich machen. Das ist wahrscheinlich der Grund, warum es mit der Szene nicht klappt.
Charlotte hat eine brünette Langhaarfrisur gescheitelt. Darunter hellblaue Augen mit pechschwarzen Pupillen. Groß, durchdringend. Augen, die einen Mann wehrlos machen. Wehrlos und erregt. Eine fatale Kombination.
Später sind wir zusammen im Biergarten und tanzen. Als ein langsames Stück kommt, drücken ihre harten Warzen Löcher in meine Haut. Sie wandern langsam hart über meine Brust. Ich kann nicht mehr! Ich brenne. Und Charlotte auch.
„Komm", sagt sie dann, denn sie wohnt direkt über der Straße.

Prudence und das Spiel des Lebens

Juli 1990, Charlotte
(Kommt aus dem Nichts oder dem Buch von Christopher Durang).
„Charlotte-bohrt-Löcher-in-die-Haut" schläft.
Ihr Kopf berührt leicht meine Schulter und sie hat sich zusammengerollt, die Hände zwischen ihren Schenkeln. Sie ist klein und drahtig und wild und fordernd. Sie will erobert und besiegt werden und schenkt als Belohnung sich selbst immer wieder, sodass es einem den Atem nimmt.
Ich ziehe die Decke nach oben, damit sie nicht friert. Ich kenne sie nicht, ich kenne nur ihre Rolle: Charlotte, die Therapeutin, die unterzuckert, immer wieder auf der Jagd nach ihren Erinnerungen ist. Ich habe sie zum ersten Mal in einem Café getroffen, in dem sich die neue Truppe kennenlernen sollte und dort war sie schon Charlotte gewesen.
„Stell dich vor", sagte die Regisseurin.
„Ich bin Charlotte Wallace", sagte Charlotte. „Und es ist komisch", fuhr sie fort. „Weil alle meine Männer Wallace hießen. Das war sogar ein Thema in meiner eigenen Analyse. Als ich dem zweiten Mr. Wallace begegnete, war mir ein Geräteschuppen im Halse stecken geblieben ... Was sage ich denn? Ich meine nicht Geräteschuppen, ich meine Grillpfanne, Grasfroscheier, grüne Witwen, Grundvorstellung, Geschlechtsverkehr, Gunstgewerbe, grässlich, grundlos, Gabel, Fischgabel, Gründelfisch, Gräte. Ich hatte eine Fischgräte in meinem Halse stecken ..."

Prudence und das Spiel des Lebens

Charlotte-bohrt-Löcher-in-die-Haut war von Anfang an nur Charlotte gewesen und nichts weiter, ich hätte das eigentlich begreifen müssen! Natürlich habe ich sie gegoogelt, aber es war, als ob Charlotte, genau wie Prudence jenseits dieser Bühne nicht existierte. Durch das geöffnete Fenster höre ich Schritte auf dem Kopfsteinpflaster. Stimmen, die sich in dieser kleinen Häuserschlucht seltsam brechen. Ich schaue durch den Spalt der leise wehenden, blauen, durchsichtigen Vorhänge. Fenster, Fachwerk, Mittelalter. Charlotte wohnt in der Innenstadt, die über 1400 Jahre alt ist. In der Ferne bimmelt eine Straßenbahn und aus dem nahen Biergarten dringt Vogelgezwitscher an mein Ohr. Ich wünsche mir, dass dieser Augenblick ewig währt. Ich weiß, dass ich im Himmel bin. Ich schlafe nicht. Meine Augen sind offen. Ich bin da.
Charlotte - die eigentlich gar nicht Charlotte ist - erwacht. In ihren reglosen Körper kommt Bewegung. So, als sei ihr Geist soeben von weit her zurückgekehrt. Sie seufzt, tastet sich über meine Hüfte zu meiner Brust und meinem Gesicht. Dort bleibt ihre kleine, energische Hand auf meiner Wange liegen. Charlotte schaut mich an. Hellblaue Augen mit pechschwarzen Pupillen, braune, lange Haare, gescheitelt. Mit einer einzigen Bewegung rollt sie sich auf mich und zieht die Bettdecke zwischen uns zur Seite. Ihre nackte Haut ist heiß von Schlaf und Lust. Sie schaut mich an, als sie mich aufnimmt. Sie schaut mich an, als ihre Brüste hart auf mir stöhnende Hitzespuren graben. Sie schaut mich an, als wir gleichzeitig kommen, ohne Eile, langsam wie zwei Blätter

Prudence und das Spiel des Lebens

dem Boden entgegen torkelnd, und ich erkenne sie und
sie erkennt mich.

Prudence und das Spiel des Lebens

1989. Der Buchhaltungslehrer
Ich bin ein Lehrer und mache Pause. Ich gehe um das Wellblechgebäude herum, weil es dahinter einen kleinen Hof gibt. Einen Hof mit einem Haus gegenüber. Dann einen Pflaumenbaum und Schlinggewächse, in denen hunderte von Bienen schwirren, sodass ein an- und abschwellendes, tiefes Brummen in der Luft liegt. Eine Oase der Ruhe und Abgeschiedenheit inmitten der Hektik blinkender Geräte. Die Treppe hinunter, Tür auf Tür zu, um die Ecke des Gebäudes herum und Hinterhof.
Dieser Hinterhof hat ein Geheimnis. Er ist Gegenwart und doch auch nicht. Er erinnert so wie alles im Leben erinnert. Kinderlärm und Kiesgeknirsche. Leiser Wind in den Bäumen und eine Hitze, die Geräusche schluckt. Vergangenheit und Schattenspiel. Das ist es, was mich erwartet. Lange gewundene Straßen im Sand. Kinderstraßen für Kinderautos und Kinderträume. Geborgenheit und Ziel, Versprechen auf Ankunft und einen weiteren Tag ohne Strafe und ohne Schuld oder das ewig quälende Warten auf Prügel. Sechs Wochen. Jedes Jahr. Sechs Wochen auf dieser grünen Insel, einem Hinterhof, indem mir nichts passieren kann. Sechs Wochen für die Seele und sechs Wochen bei einer Oma, die mich behütet und mir das Gefühl gibt, jemand zu sein. Dann wieder Gefangenenlager – Sibirien, das mein Vater aus Russland mitgebracht hat. Zucht, Ordnung, Disziplin – nur so überlebst du, – sagt er und prügelt es uns wieder einmal ein. Zucht, Ordnung, Disziplin!
Ich: Regisseur, ich mag diesen Anzug nicht!

Prudence und das Spiel des Lebens

Doch der zuckt nur die Schultern. „Du hast dich frei entschieden", sagt er.
Ich will kein Lehrer mehr sein. Die Vergangenheit, die ich für ihn erfunden habe, gefällt mir nicht!
Also bin ich einen Moment lang kein Lehrer mehr, ich bin nicht Dr. Stuart Framingham, kein Vater der Braut, nicht Romeo und auch nicht Caesar. Ich schlüpfe in meine Alltagsrolle und habe eine Alltagsvergangenheit mit sibirischem Gefangenenlager, Zucht und Ordnung und einem Vater, der mich in den dunklen Heizungskeller schleppt, damit ich mir überlegen kann, was ich wieder falsch gemacht habe, – natürlich erst - nachdem er mich mit einem abgeschnittenen Hartgummischlauch verprügelt hatte. Doch halt, das war die Vergangenheit des Lehrers, vielleicht auch die von Romeo oder Caesar? Auf keinen Fall die von Stanislav Koschmelsky. Ich bin Stanislav Koschmelsky und ich stelle mir eine Kindheit auf einem Bauernhof vor. Einem Bauernhof mit einem Gesindegebäude, zwei großen Ställen, drei eigenen Quellen und einer eigenen Jagd. Eine Kindheit ohne Eltern, eine Kindheit in der Natur. Meine Tante und mein Onkel ziehen mich auf und sie sind froh, dass ich ihnen bei der Arbeit helfe. Ich habe zwei tierische Freunde – Dackel, die mich mit ihren großen, braunen, klugen Augen mein ganzes Leben lang begleiten.
Ich blicke auf und bin wieder ein Lehrer und mache Pause – auch von meiner sibirischen Vergangenheit. Ich gehe um das Wellblechgebäude herum, weil es dahinter einen kleinen Hof gibt. Einen Hof mit einem Haus gegenüber. Dann einem Pflaumenbaum und

Prudence und das Spiel des Lebens

Schlinggewächsen, in denen hunderte von Bienen schwirren, sodass ein an- und abschwellendes, tiefes Brummen in der Luft liegt. Eine Oase der Ruhe und Abgeschiedenheit inmitten der Hektik blinkender Geräte.

Prudence und das Spiel des Lebens

Fred
(Im Gespräch mit einem sehr jungen Reporter in einer
Bar mit großen Spiegeln, einer blank geputzten
Messingtheke und grünen Ledersesseln, vor denen
kleine runde Tische stehen. 34 Jahre später).

Reporter: Kehren wir noch einmal zum Anfang zurück.
Fred: 1989?
Reporter: 1989.
Fred: Gut.
Reporter: Also 1989 hatte Doktor Stuart Framingham
eine Affäre mit Prudence. Können wir uns darauf
einigen?
Fred: Natürlich.
Reporter: Die ungefähr 200 Aufführungen später
zumindest außerhalb des Theaters vorbei war?
Fred: Genau.
Reporter: Auf der Bühne ging die Geschichte mit Doktor
Framingham und Prudence noch weiter.
Fred: Genau. Bis dann das Stück abgesetzt wurde.
Reporter: Und danach hat Doktor Framingham seine
Prudence nie wieder gesehen?
Fred: Nicht dieser Doktor Framingham. Nicht diese
Prudence.
Reporter: Sie meinen …
Fred: Dass mit dem Ende des Stückes alle Beteiligten
wieder in einem Buch oder einem Skript verschwunden
sind.

Prudence und das Spiel des Lebens

Reporter: Und haben sich die Orlov und Koschmelsky noch einmal getroffen?
Fred: Ich denke nicht. Die Orlov und Koschmelsky kennen und kannten sich gar nicht.

Reporter: (Seufzt). Also, dass Framingham seine Prudence nicht mehr getroffen hatte, lag daran. Dass er eine Affäre mit Dr. Wallace hatte?
Fred: Das wüsste ich wirklich auch gerne!
Reporter: Das könnte man doch vermuten, oder?
Fred: Unwahrscheinlich ist es nicht. Es könnte aber auch sein, dass sich Framingham nur an die Vereinbarung gehalten hat, die er mit Prudence getroffen hat.
Reporter: (spinnt den Faden weiter) Im ersten Fall hätte Prudence ihren Doktor wegen der Krankheit von Bruce verlassen und wäre ihm trotzdem böse gewesen, dass er danach mit Charlotte schlief?
Fred: Genau.
Reporter: Ich denke, sie merken selbst, wie seltsam die ganze Situation ist.
Fred: Wieso seltsam?
Reporter: Weil das doch alles Figuren aus einem Buch sind! Konnten die sich denn nicht wie normale Menschen verhalten?
Fred: Aber das haben sie doch getan
Reporter: Nein. Wir unterhalten uns über Kunstfiguren, über Figuren aus einem Stück, die sich jemand erdacht hat!
Fred: Und die auch von der Bühne herabgestiegen und im normalen Leben herumspaziert sind.

Prudence und das Spiel des Lebens

Reporter: Als Phantasiegestalten!
Fred: Woher wissen sie, dass sie selbst nicht auch nur in einem Buch stehen?
Reporter: Das ist doch nun wirklich Unsinn!
Fred: Wirklich?

Prudence und das Spiel des Lebens

Juli 1990, Charlotte
Ich bin ein Schauspieler.
Charlotte liegt in meinen Armen. Wir reden nicht, atmen
den Duft unserer Haut und spüren nur Wärme und
Zufriedenheit. Sie hebt den Kopf und schaut mich an.
„Das war schön Rudi", sagt sie mit einem verschmitzten
Lächeln und ich weiß, dass sie nun wieder Dr. Charlotte
Wallace ist und ich bin Dr. Stuart Framingham.
„Ich bin nicht Rudi", antworte ich.
„Oh natürlich nicht", sagt Charlotte.
„Ich bin …".
„Sag nichts", unterbricht sie mich. "Mein Gebein ist
wirklich …", sie stutzt. „Hab ich Gebein gesagt?"
Ich nicke.
„Ich meine natürlich nicht Gebein, sondern Zeppelin, –
nein, das Wort ist es auch nicht. Vielleicht Tischlampe,
Stuhlbein, Trenchcoat?"
„Gedächtnis", schlage ich vor.
Charlotte strahlt. „Genau", sagt sie. „Gedächtnis ist das
richtige Wort!" Und unvermittelt: „Ich muss etwas essen,
mein Blutzucker!"
Dr. Charlotte Wallace springt auf und geht in die Küche,
die von ihrem Wohnschlafzimmer nur durch einen
blauen, schweren Vorhang getrennt ist. "Haben wir – ich
meine …", höre ich ihre Stimme zwischen dem
Geklapper von Geschirr und dem Röcheln der
Kaffeemaschine.
„Ja."
„Ich denke, dass es gut gewesen sein muss, so
entspannt wie ich mich fühle!"

Prudence und das Spiel des Lebens

„Es war gut, Schätzchen, sogar sehr gut!"
„Ich erinnere mich nicht. Ich muss etwas essen, dann fällt
es mir wieder ein!"
Ich liege in Charlottes Bett und begreife, dass eine Rolle
und gesprochene Worte eine wirkliche Begegnung
unmöglich machen. Wie gerne hätte ich den Zauber
dieser Nacht noch festgehalten, aber er ist unwiderruflich
vorbei.
Wir sitzen an Charlottes Tisch und frühstücken. Kaffee,
Toast, Marmelade. Dr. Wallace strahlt. Sie hat das T-Shirt
wieder an und die Turnhosen. Die Beine angewinkelt und
mit beiden Händen umschlungen. „Jetzt weiß ich's
wieder", sagt sie zärtlich. „Du bist Stuart!"
Ich nicke.
„Und, du kommst zu schnell!"
„Wie zu schnell?", entgegne ich entrüstet. „Das ist volle
Absicht, Schätzchen. Wir leben in einer hektischen Zeit,
da kann man sich nicht so lange bei einer Sache
aufhalten. Business, verstehst du?"
„Egal Stui", antwortet Charlotte. „Solange ich mich
hinterher so gut fühle …".
„Ich bin nicht zu schnell!" (betont).
Charlotte lächelt verständnisvoll.

Prudence und das Spiel des Lebens

Juli 1990
„Was findest du bloß an der?", fragt Prudence, als die
anderen während der Probe hinausgegangen sind, um
zu rauchen. So groß, so wütend. Die ganze Zeit hat sie
durch mich hindurchgeschaut, jede auch noch so kleine
Berührung vermieden und dann habe ich ihre
misstrauischen Blicke gespürt, als es mit Charlotte
anfing. Ich gebe es zu: Es hat mir auch ein wenig
gutgetan, wieder die Aufmerksamkeit von Prudence zu
bekommen.
Sie hat ihre blonden, dichten Haare nach hinten zu einem
Zopf gebunden und sieht sehr streng aus. Rundliches
Gesicht, volle rote Lippen, jetzt gepresst. Die wundervolle
Nase und ihre großen Brüste, direkt vor meinen Augen.
Frühlingsnebel, der mich einhüllt. Ich stehe mit dem
Rücken zur Wand und sie vor mir.
„Ich liebe sie", sage ich.
Prudence schnaubt verächtlich.
Sie ist wütend. Zwei Köpfe größer als ich mit eleganten
italienischen Schuhen, üppig voller Leben, 100 % Frau!
Sie war mit Bruce, dem es wieder besser geht in Mailand.
Niemand geht nach Mailand, ohne sich Schuhe zu
kaufen, jedenfalls keine Frau. Sie trägt also diese
wunderschönen italienischen Schuhe und schaut auf
mich herab. „Weißt du, was ich denke?", fragt Prudence.
„Nein."
„Ich denke", sagt Prudence, wobei sie jedes Wort in die
Länge zieht, „ich denke, dass es dir völlig egal ist, mit
wem du zusammen bist und dass du jede Gelegenheit
nutzt, um nicht allein zu sein!"

Prudence und das Spiel des Lebens

Das tut weh und Prudence weiß das. Ich hätte alles für
sie getan! Ihr gewaltiger Busen hebt und senkt sich
schnell vor meinen Augen. Ich muss nach oben schauen,
wenn ich ihr Gesicht sehen will. Prudence trägt ein leicht
dezent an der Hüfte, von einem goldenen Gürtel
zusammengehaltenes, dunkelblaues Rohseidenkleid, das
sich duftend auf ihre makellose Figur legt, als sei es eine
zweite Haut. Wenn sie sich gegen mich drängt, ist der
Stoff wie eine leichte Berührung, der eine feine Wolke
teuren Parfüms atmet. Ich vergesse alles, ich will nur
noch eines: Eintauchen in ihren Geruch, in ihren Körper
in ihr Sein. Ich denke nicht mehr, ich bin Nichts, ich bin
Prudence, ich verliere mich ...
„Sieh mir ins Gesicht!", faucht Prudence. „Das ist genau
das, was ich meine Männer sind doch alle gleich!"
Schuldbewusstes Erwachen, ich sehe wieder nach oben
in ihre wunderschönen blauen Bergseenaugen.
Wir stehen in der kleinen Garderobe, in der es einen
hellen Bereich mit goldumrahmten großen Spiegeln gibt,
die mit kleinen Birnen rundherum ausgeleuchtet werden
und es gibt einen dunklen Bereich, in dem all die Kleider
wie abgelegte Hüllen hängen. Für den einen zu groß, für
den anderen zu bunt und wieder anderen passt sie wie
eine zweite Haut. Aber es sind Hüllen, nicht mehr.
„Woran denkst du?"
Ich sage es ihr.
Da legt sie mir ihre zarten, feingliedrigen Hände auf die
Schultern und schüttelt traurig den Kopf.
„Siehst du das meine ich", sagt Prudence.
„Was meinst du?"

Prudence und das Spiel des Lebens

„Dass du nichts verstehst!"
„Was soll ich verstehen?"
Da zieht mich Prudence an sich und durch die raue Seide
spüre ich alles: Ihre Brüste, ihren Bauch, die
Oberschenkel und ihre Wange, die sich auf meinen
Scheitel schmiegt. Ihre Hände, die sich wie zwei Flügel
sanft um meinen Hinterkopf legen und dann meinen
Nacken streicheln. Ich bin geborgen, ich bin nackt, ich bin
angekommen und sie auch! Prudence stößt mich danach
weg.
„Mach das nie wieder", sagt sie, dreht sich um und rennt
davon. „Ich werde Wolfgang niemals im Stich lassen!" Ihr
Kopf ist rot und ihr Körper strahlt vor Hitze. Ich rieche ihre
Feuchtigkeit, die sie hinter sich herzieht und die noch
minutenlang durch den Raum wabert, den sie längst
verlassen hat. Ich bleibe ratlos und mit zitternden Knien
an der Grenze zwischen hell und dunkel stehen. Mir ist
kalt und ich stecke ihren Slip in meine Tasche.

Prudence und das Spiel des Lebens

August 2010. (**21 Jahre nach 1989**)
Ich trage einen Anzug. Schwarz. Weißes Hemd, gelbe
Krawatte. Ich stehe in einem Schlosshof und warte.
Pflastersteine und gepflegter Rasen im Wechsel. Große
Linden zwischen massiv gemauerten Stallungen. Die
Herrschaftsgebäude Ocker.
Das Schloss liegt auf einer Anhöhe, umgeben von
Mauern, einem Burggraben, Wehrtürmen. Alles renoviert
und neu instandgesetzt. Auch der Schlossgarten -
großzügig angelegt mit blühenden Rosen - darf nicht
fehlen. Immer wieder bin ich in den letzten beiden Tagen
an die Mauer gegangen und habe ins Tal hinabgeschaut.
Ein Blick, der mir auch heute Morgen noch den Atem
verschlägt: Unter mir die Donau. Heute lehmbraun und
das Zollhaus schneeweiß. Der Himmel strahlend blau.
Gezupfte Wolken wie Inseln in einem riesigen Meer.
Ich trage einen Anzug. Schwarz. Weißes Hemd, gelbe
Krawatte. Ich stehe in einem Schlosshof und warte.
Es ist heiß und als die Orgel in der kleinen Kapelle zu
spielen beginnt, verschwinden alle Hochzeitsgäste in
ihrem riesig kühlen Bauch. Das geschwätzige Lärmen
verstummt und sogar das Singen der Vögel und das
Kläffen eines Hundes in der Ferne sind wieder hörbar.
Nur Rebecca, der Fotograf und ich sind noch da.
Ich trage einen Anzug. Schwarz. Weißes Hemd, gelbe
Krawatte. Ich stehe in einem Schlosshof und warte.
Der Fotograf – geschäftig, geht in die Knie, wieder nach
oben von der Seite. Der Auslöser klickt und klackt. Die
Gäste sind in der Kapelle, wo der katholische Pfarrer
noch immer nicht sicher ist, ob diese Amerikaner die

Prudence und das Spiel des Lebens

Trauungszeremonie auch wirklich von einer Disneylandveranstaltung unterscheiden können. Und meine Tochter unter der Linde strahlt. Sie hat die Trauung von Boston aus organisiert. Das Schloss, die Feier, den Pfarrer, die Einladung, einfach alles. Ich als Vater brauchte nur anzureisen und da zu sein.

Ich liebe meine Tochter und es ist schön, sie in ihrem cremeweißen Brautkleid (natürlich viel zu eng) so strahlen zu sehen. Sie hat sich nicht beklagt, mir keine Vorwürfe gemacht, sondern die Trauung, wie selbstverständlich aus den USA nach Bayern verlegt, weil ich nicht fliege. Auch Tom, der Schwiegervater, – weißhaarig, ein wenig behäbig, bärenhaft, den ich auf Anhieb mag, hat sich nicht beklagt. Und auch niemand von den 30 - 40 anderen Amerikanern, die alle über München eingeflogen sind.

Sie ist so klein, so zart mit ihren großen, grünen Augen. Ihre Bewegungen anmutig, aber energisch. Die Figur einer Tänzerin. Das blonde Haar zu einer kunstvollen Frisur gesteckt. Eine kleine Schönheit. Und erfolgreich! Medizinstudium Freiburg, München. Danach ein Stipendium für die Harvard University Boston. Wieder München, wieder ein Stipendium – dieses Mal Forschung an der Harvard University. Vier Jahre, in denen ich sie höchstens ein bis zweimal im Jahr sehe. Danach ihre Facharztausbildung am General Hospital und ein Vertrag für die nächsten vier Jahre. „Papa!" ruft meine Tochter unter der riesigen Linde.

Prudence und das Spiel des Lebens

Braut mit Vater rechts, Braut mit Vater links. Es ist
drückend heiß.
„Besorg mir was zu trinken", sagt Rebecca, „sonst falle
ich um!"
Aber es ist außer mir und dem Fotografen niemand mehr
da. Alle vom großen Maul der Kapelle verschluckt. Nur
der Fotograf, die riesige Linde, ein leerer Schlosshof,
Rebecca und ich.
Eine Mama mit Kind kommt über die Zugbrücke. Unsere
Rettung. Wir bekommen die Schnabeltasse des Kleinen.
Fencheltee.
Bob, der Bräutigam, ein amerikanischer Arzt, den sie
während ihres Stipendiums kennengelernt hat, wartet
bereits drinnen, während Rebecca trinkt und die Farbe
wieder in ihr Gesicht zurückkehrt. Wir sind bereit, wir
betreten die Kapelle.
Ich weiß:
Princeton, Yale, Harvard und die Wall Street auf der
rechten Seite. München, Freiburg und der Schwarzwald
auf der Linken.
Orgelklänge, Hochzeitsmarsch.
Ich denke an die Mutter meiner Kinder (die Tänzerin), die
gestorben ist. Krebs! Sie hat sich nicht mehr gefunden,
aber dafür den anderen Mann, den ich fast immer an
ihrem Sterbebett angetroffen habe. Ein guter Mann, der
auch für meine Kinder da war und sie nie geschlagen
oder bevormundet hat. Deshalb laden wir ihn ein, ist er
nach wie vor ein Mitglied der Familie. Ich denke, dass es
schade ist, dass sie nicht dabei sein kann, aber die Dinge
sind, wie sie eben sind.

Prudence und das Spiel des Lebens

Es ist seltsam. Ein Schritt vor den anderen. Aber jetzt spüre ich nur Rebecca an meiner Linken, die sich eingehakt hat. Sehe Bob, der auf sie wartet. Johann, meinen Sohn, der mit Juliane, seiner Freundin, links vorne steht. Sonst ist niemand für mich da, obwohl die Kapelle bis zum letzten Platz gefüllt ist. Es ist ganz still, auch wenn die Orgel spielt.
Eine Tür, die ein Vater durchschreiten muss, durchschritten.
Meine Tochter sagt etwas zu mir.
„Bitte?"
Ich erwache.
Stimmengewirr, Blitzlichter, viele Gesichter. Irgendjemand singt. Princeton, Yale und Harvard und die Wall Street rechts, Freiburg und München und der Schwarzwald links. Alle sehen sie uns an.
„Die Blumen, Papa. Die sollte wohl ich nehmen, oder?"
Tatsächlich, ich habe den Brautstrauß in der Hand, während wir schon mitten in der Kapelle stehen.
Wir lächeln uns an.
Die Blumen wechseln den Besitzer.

Prudence und das Spiel des Lebens

September 90. Charlotte (noch)
Charlotte verlässt mich.
Sie hat es nicht gesagt, aber ihre Art Doktor Stuart
Framingham zu lieben, ist anders geworden.
Verzweifelter, leidenschaftlicher. Eine Leidenschaft, die
sich festkrallt, die festzuhalten versucht, so voller Leben,
so ohne Hoffnung. Ich habe Kratzspuren auf dem Rücken
und wir fallen bei jeder Gelegenheit übereinander her.
Aber es nützt nichts. Je näher Peter oder Uwe kommt,
(ich weiß den Namen noch immer nicht), desto mehr
verschwindet Dr. Stuart Framingham wieder in einem
Buch von Christopher Durang. Zerfließt „buchstäblich" in
Tinte und wird abstrakt. Eine Figur nur noch, die der
Autor vielleicht sogar der Realität entnommen hat, wir
wissen es nicht. Eine Figur jedenfalls, die in unseren
Köpfen und auf der Bühne so tut, als sei sie real.
Ist sie das wirklich?
Ich liege wach.
Charlotte in meinem Arm.
Der blaue Vorhang weht im Wind und manchmal die
Schritte eines Spät- oder Frühheimkehrers in den
schmalen Gassen.
Charlotte hat keinen Freund, dafür aber Anna. Ich weiß
das, weil das Bild auf den Büchern neben ihrem Bett
umgeklappt ist, wenn ich komme.
In der Nacht, als ich zum ersten Mal da war, stand es
aufrecht. Aber ich habe nicht hingesehen. Jetzt liegt es
wieder da und ich spüre den Drang, es hochzuheben.
Aber da ich Anna nicht kenne, ist es sinnlos, mir ihren

Freund anzusehen. Schließlich bin ich mit Charlotte zusammen!

Charlotte schläft und Charlotte ist treu!

Ich liebe Frauen, die schlafen. Sie sehen so unschuldig aus in ihrer Nacktheit. Alle Mühen und Lasten sind von ihnen abgefallen und sie haben ihre Rollen verloren.

Es wäre ganz einfach. Ich brauchte nur hinüberzugreifen und den Rahmen etwas anzuheben. Aber Charlotte, die eigentlich Anna heißt, würde das nicht wollen.

Es ist schwer, einer Bedrohung nicht zumindest ein Gesicht zu geben! Wenn ich wenigstens wüsste, wie er aussieht!

Vielleicht ist es ein Student, vielleicht Jura. Ja, das würde zu Charlotte passen. Das heißt nein, das würde zu Anna passen!

Sein Name? Peter!

Anna und Peter, ein schönes Paar. Sie werden später heiraten.

Doch jetzt ist er in Paris und macht ein Auslandssemester und Anna ist einsam. Man kann es ihr nicht verübeln, denn sie ist lebenslustig und temperamentvoll. Vielleicht muss ich sie deshalb Charlotte nennen, weil Anna mich überhaupt nicht kennt. Anna würde ihren Peter, der jetzt mit der Nase unsichtbar auf ihren Büchern liegt, niemals betrügen und das muss ich respektieren, wenn ich mit ihr zusammen sein will.

Es könnte auch sein, dass Peter gar nicht Peter, sondern Uwe heißt und in einer Bank arbeitet. Aber auch Uwe würde sie nicht betrügen und so bleibt es sich gleich. Die Geschichte von Charlotte und Dr. Stuart Framingham

Prudence und das Spiel des Lebens

wird auf jeden Fall mit unserem letzten Auftritt enden, das weiß ich.

Es ist schön, neben ihr zu liegen und ich will nicht schlafen.

Auf einem weiteren Bücherstapel neben ihrem Bett steht eine Lampe, die sie mit einem Tuch abgedeckt hat. Der blaue Vorhang weht leise im Wind.

Prudence schaut mich wieder einmal nicht mehr an.

Prudence ist verschwunden seit jener Nacht, als Wolfgang in die Klinik kam und erst recht nach unserer Begegnung in der Garderobe! Ich sehe bei den Proben nur noch ihre Hülle. Trotzdem: Sie war in der Garderobe, sie empfindet noch etwas für mich, aber sie kommt trotzdem nicht mehr zu mir zurück!

Ich stehe vorsichtig auf und lösche das Licht.

Ich lege mich zu Charlotte, die etwas murmelt und ihren duftenden Kopf auf meine Brust legt. Alles ist vollkommen so, wie es ist. Ich lausche noch ein wenig den Geräuschen der Nacht, bevor ich mit Charlottes Seele spazieren gehe.

Prudence und das Spiel des Lebens

Juli 1990. Trotz aller Therapie, Probe
Prudence liebt mich noch immer, das sehe ich. Aber sie redet nicht mehr mit mir.

In der Probe:
(Ich bin Dr. Stuart Framingham und habe eine Sitzung mit Prudence. Ich spreche in die Gegensprechanlage):

Stuart: „Betty, du kannst den nächsten Patienten rein schicken."
Prudence tritt auf.
Stuart: Hallo.
Prudence: Hallo.

(Sie schaut mich nicht an. Ihr Mund ist, wenn sie nicht spricht, zusammengekniffen und schmal. Ihr Körper, dieser wundervolle Körper steif und unbeweglich, die Hände verkrampft).

Probe:
Stuart: Was geht uns so durch den Kopf diese Woche?

(Du hast kein Recht, wütend auf mich zu sein, Prudence. Du bist mit Bruce zusammen. Du wirst mit ihm zusammenbleiben, weil er eine Gehirnblutung hatte und ich akzeptiere das. Was also hätte ich deiner Meinung nach tun sollen? Ins Kloster gehen und auf dich warten? Oder sollte ich um dich kämpfen? An die deiner Wohnung gegenüberliegende Hauswand mit roten Buchstaben „Ich liebe Dich Prudence" schreiben? Vor dir auf den Knien liegen, dir klar machen, dass Liebe nicht auf Bäumen wächst und dass man so ein Geschenk nicht einfach wegwerfen sollte? Was wollen Frauen, was willst du?)

Probe:
Prudence: Nichts.
Stuart: (wütend). Verdammt noch mal! Ich habe diese Woche keine Lust, dir die Wörter einzeln aus der Nase rauszuziehen. Rede! Verdammt noch mal!

(Ja Prudence, rede mit mir, du kannst mich doch nicht nach einer solch wundervollen Zeit, nach all deiner Liebe, die du mir geschenkt hast, einfach im Regen stehen lassen. Du liebst mich doch immer noch, das habe ich deutlich gespürt! Warum verdammt noch mal wärst du ansonsten zu mir in die Garderobe gekommen? Ich bin wütend, ich bin aufgebracht.)

Probe:
Regisseurin: Verdammt gut! Nicht nachlassen!
Prudence: Was?
Stuart: Du bezahlst mich, damit ich dir zuhöre, dann rede! (Pause). Entschuldige bin etwas nervös.

(Warum hast du das getan Prudence? Warum hast du mir das Paradies gezeigt, wenn du nicht dort mit mir leben willst? Ja, sicher, Wolfgang ist krank, aber ich hätte dich ja gar nicht für mich allein gewollt, ich hätte auch die

Prudence und das Spiel des Lebens

zweite Geige gespielt, Hauptsache, wir wären
zusammengeblieben!)

Probe:
Stuart: Heute sind all meine Patienten so. Keiner sagt
was. Bloß einer, der redet, aber er spricht jiddisch und ich
verstehe einen Scheiß von dem, was er sagt.

(Und, ich verstehe die Frauen nicht, selbst wenn sie
sprechen!)

Charlotte begehrt mich, dass es wehtut. Wir explodieren
in der Nacht in Welten von einmaliger Klarheit und
Reinheit. Wir können uns nicht berühren, ohne sofort,
egal wo und wie übereinander herzufallen. Meine
Gedichte, die ich schreibe, sind Charlotte-Gedichte, die
mir wie von selbst geschenkt werden, wenn Charlotte
schläft, erschöpft und verschwitzt und doch ist es Uwe
oder Peter, der sie oder Anna? bekommen wird. Uwe, der
sie nach einer Weile wie seinen Besitz behandelt (denke
ich). Achtlos, gewohnheitsmäßig. Und sie wird sich ab
dort wieder Anna nennen und die Begegnungen
vergessen, die wir hatten. Nur die Sehnsucht, die wird
bleiben.
Und wieder Prudence, die aus Zweien eins gemacht hat.
Warum verlässt sie mich? Warum muss sie nur so
altmodisch treu sein? Natürlich verstehe ich, dass sie
Bruce nicht im Stich lässt, dafür liebe ich sie umso mehr
aber muss man das Kind wirklich mit dem Bad
ausschütten? Immer wieder taucht dieses Bild vor mir

Prudence und das Spiel des Lebens

auf: Prudence auf der Wiese, die mich ansieht und den Kopf schüttelt.

„Nichts", sagt sie. „Ich erwarte nichts."
„Du kannst nicht nichts erwarten!"
„Doch", sagt Prudence. „Wenn ich nichts erwarte, brauche ich auch nichts zu fürchten, verstehst du? Mir genügt dieser Augenblick! Was interessiert mich morgen, oder was interessieren mich deine Geschichten von gestern?"
Prudence malt einfach weiter. Ich starre sie an und die Sonne macht einen Goldrand um ihr Haar.).

Probe: (weiter)
Prudence: Dann musst du ihm sagen, dass du ihn nicht verstehst.
Stuart: Erzähl mir nicht, wie ich meinen Laden zu schmeißen habe! Im Übrigen sind wir hier, um über dich zu sprechen.

(Ja reden wir über dich Prudence. Ich hatte ein Leben, bevor ich Dr. Stuart Framingham wurde ein Leben!)

Prudence: (Nach der Probe) Bist du heute Abend zu Hause?
(Ich brenne und ich nicke unfähig, etwas zu sagen).
Prudence ist sehr wütend, als sie mich mitten in der Nacht wieder verlässt.

Prudence und das Spiel des Lebens

20. Januar 2004. Die Bedienung trifft Josef

„Wir tun jetzt zwei Stunden lang so, als seien alle Menschen heute Morgen aufgestanden, um uns einen Gefallen zu tun", sagt Josef.

Karin nickt. Natürlich stimmt das nicht, das weiß sie. Die Leute sind heute Morgen nicht aufgestanden, um ihnen einen Gefallen zu tun. Sie kennen sie ja gar nicht! Trotzdem haben diese kleinen, erdachten Geschichten Auswirkungen, das hat sie bereits bemerkt. Vor zwei Tagen hatten sie ausprobiert, wie das ist, wenn alle sie hassten. Dabei hatten ein paar ganz erstaunliche Erfahrungen gemacht. Das Leben war nicht das Leben! Das Leben war die Geschichte, die man sich selbst darüber erzählte! Alle hassen uns!

In der Straßenbahn, in der man Josef angerempelt hatte, der alte Mann, der sich über die „heutige Jugend" empörte, nur weil sie nicht schnell genug aufgesprungen war, um ihm einen Platz anzubieten. Dabei hätte er es sehen können, dass sie sich bereits erhob, im Begriff war der Höflichkeit Genüge zu tun! Alle hassen uns! Die patzige Bedienung beim Bäcker, die Verkäuferinnen im Kaufhaus, die sie ignorierte und selbst ihre Mutter war seltsam kalt und misstrauisch, als sie ihre Tochter und ihren neuen Freund, den „Schauspieler" musterte. Sie glaubte Josef nicht, dass man damit Geld verdienen konnte, das brachte sie an jenem Tag gleich zweimal zum Ausdruck!

Heute waren also alle aufgestanden, um ihnen einen Gefallen zu tun!

Prudence und das Spiel des Lebens

Und tatsächlich! Die Leute nickten ihnen freundlich zu, grüßten sie, obwohl man sich nicht kannte, wurde höflich bedient und in der Straßenbahn wurde bereitwillig zusammengerückt, um ihnen den Zustieg noch zu ermöglichen.

„Es kann doch nicht so einfach sein", sagt Karin. „Das ist doch nicht real!"

Josef schmunzelt. „Na ja", sagt er. „Steh morgens auf und sage dir, dass du in einer wunderschönen Welt bist, in der dich alle lieben und es wird eine andere Welt sein wie an dem Tag, an dem du aufgestanden bist und es eine fürchterliche, eine ungerechte, eine ganz üble Welt war, die dir übel mitgespielt hat!"

„Ich entscheide?"

„Du triffst eine Wahl", sagt Josef. „Nicht, weil irgendetwas so ist, wie du es dir vorstellst, oder weil du ein Ziel erreicht hast oder jemand nett zu dir war, sondern weil du es so willst, kein anderer Grund!"

„Ich glaube nicht, was ich sehe, sondern ich sehe, was ich glaube?"

Josef nickt. „Wer immer das gesagt hat, war ein kluger Kopf!"

Karin lächelt. Sie versteht: Man braucht nicht die Welt, sondern nur seinen Glauben verändern!

Prudence und das Spiel des Lebens

Jetzt:
Haben Sie schon einmal ein Getreidefeld gesehen, über
das ein sanfter Wind streicht?
Das Meer, das Meer! Ein goldenes Meer!
Und dann der knallrote Mohn zwischen all den wogenden
Halmen! Inseln, auf denen wir leben, oder Planeten in
einem Weltall, das kommt und vergeht.
Keine Blume der Welt kann die Sonne so einfangen, wie
der Mohn das tut. Der rote Mohn!
Ein Augenblick, in dem alles da ist! Niemand braucht
mehr als ein Getreidefeld im Wind, um das Leben zu
verstehen.
Ich bin wieder bei meinen Verwandten auf dem
Bauernhof, wie so oft. Sommer, Ferien. (Ich bin 14 Jahre
alt).
„Wir sollten das Korn einbringen", sagt der Chef, den ich
zum Klang indischer Mantras vor meinem geistigen Auge
sehe.
Ich liege in einem dunklen Raum (schon wieder).
Neben mir eine hübsche junge Lehrerin, Hauptschule.
Wir liegen ausgestreckt auf dem Rücken. Abgedeckt. Die
Luft voller orientalischer Gerüche. Traumreise!

„Ja schon", sagt Bernhard. „Aber das Unkraut ist viel zu
hoch. Wir müssen mit dem Traktor mähen, mit den
Heugabeln mehrfach wenden und so das Getreide vom
Unkraut trennen!"
Ein paar Stunden später weiß ich, was das bedeutet.

Prudence und das Spiel des Lebens

Alle sind auf dem Feld, auch Großvater, der inzwischen die 90 überschritten hat und wir schaufeln und wenden die Gerste, was das Zeug hält.

Es ist brütend heiß und Tante Hedel bringt uns immer wieder das Trinken in schweren Steinkrügen auf das Feld.

Längst habe ich es aufgegeben, mich zu kratzen, wenn es auf dem Rücken juckt. Längst schimpfe ich nicht mehr auf die mit kleinen, klebrigen Fäden versehenen Gerstenhalme, deren Berührung auf nackter Haut nicht von Mückenstichen zu unterscheiden ist. Einen Schritt vor den anderen. Eine Gabel nach der anderen. Die Blasen auf den Handflächen schmerzen. Aber da mich Großvater, der eindeutig über die bessere Technik verfügt, schon wieder überrundet hat, gebe ich natürlich nicht auf. Der Mann ist 90 Jahre alt!

Am Abend sitzen wir wieder in der Stube und reden nicht viel, aber ich weiß, ich bin ein Teil von ihnen und sie sind froh, dass ich ihnen geholfen habe.

Ich spiele noch ein bisschen mit den Hunden, bevor ich ins Bett gehe, um vollkommen erledigt sofort einzuschlafen.

Ich liege in einem dunklen Raum. Neben mir eine hübsche junge Lehrerin. Hauptschule. Wir liegen ausgestreckt auf dem Rücken. Abgedeckt. Die Luft voller orientalischer Gerüche und ich komme aus meiner Vergangenheit zurück und bin kein Bauer geworden, sondern Schauspieler.

Prudence und das Spiel des Lebens

**Dezember 1990. Charlotte. Ich bin ein Schauspieler.
Vor der letzten Aufführung**
Ich fahre durch Nebel. Grauen Morgennebel, der sich
durch das offene Seitenfenster wie ein feines Netz auf
meine nachtmüde Haut legt, Tropfenuniversen auf die
Windschutzscheibe zaubert und sie mit alten Gummis der
Scheibenwischer zu Nebelgalaxien verzieht.
Farbverschluckte graue und schwarze Wälder, in denen
rote Büsche im Unterholz leuchten. Ich gehe durch all
das hindurch, fahre durch Täler, die golden und nass
glänzen und wo nur die Spitzen der Bäume aus den
Wolken schauen. All das, nur um sie zu sehen.
Wärme, Heizungsluft, ein Café. Eine weiß geschürzte
Bedingung, die geschäftig eilt, um Kaffee und Brötchen
und auch Kuchen zu verteilen. Wir sitzen im Nebenraum
allein und Anna sieht mich nicht an. Ein runder Tisch
zwischen uns, zwei Stahlrohrstühle und Anna in das
Geschäumte ihres Kaffees versunken.
„Ich kenne Anna nicht", sagt Anna, ohne aufzuschauen.
„Ich bin Charlotte, vielleicht verwechselst du mich?"
Ich bin durch Nebel gegangen. Grauen Morgennebel, um
Anna zu treffen und nicht um Charlotte zu sehen.
„Anna", sage ich, aber Anna schweigt.
Vor den großen Caféhausfenstern fällt Schnee. Schwarze
Gestalten, geduckt mit Schirmen oder Büchern auf dem
Kopf, eilen vorbei. Inseln aus Licht in unserem Café und
draußen Schnee und Nässe und Dunkelheit.
„Ich weiß, dass Peter oder Fred oder wie er auch immer
heißen mag, zurückkommt. Was wird dann aus uns?",
frage ich sie.

Prudence und das Spiel des Lebens

Charlotte schaut mich an. (Es ist Charlotte und nicht Anna, das sehe ich genau!) Ein schönes ovales Gesicht mit strahlend blauen Augen, bei denen neben der Iris ein Punkt schwimmt.

„Und der kommt zurück?", fragt Charlotte nun ganz Dr. Charlotte Wallace in ihrem Element.

„Ja."

„Und war dir das nicht von Anfang an klar?"

„Doch schon ..."

„Na also", sagt Charlotte, „wo ist dann das Problem?"

„Ich habe mich verliebt."

Charlotte schaut mich an. „In wen?"

„In Anna", antworte ich.

„Du kennst Anna überhaupt nicht", sagt Charlotte. „Wie kannst du dann in sie verliebt sein?"

„Ich kenne Anna", erwidere ich trotzig. „Ich habe sie gesehen!"

„Beruf?"

"Bitte?"

Dr. Charlotte Wallace seufzt. "Der Beruf von Anna", präzisiert sie dann.

„Schauspielerin."

„Alter?"

„So um die 30."

„Falsch. Hobbys?"

„Ich weiß nicht."

„Wie heißen die Eltern?"

„Ich weiß nicht."

„Geschwister?"

„Keine Ahnung!"

Prudence und das Spiel des Lebens

Dr. Charlotte Wallace seufzt. „Du kennst sie also kein
bisschen Stui!"
„Ich will ihr trotzdem meine Liebe schenken!"
Anna errötet. „Sie kann sie nicht annehmen Stui!"
„Dann will ich mit Charlotte zusammenbleiben!"
„Stui", sagt Charlotte und ihre Stimme ist zärtlich. Ihre
Augen leuchten wie Sterne unter all den Inseln aus Licht.
„Wir sind nicht real, wir kommen aus einem Buch!"
„Hat dir das alles denn gar nichts bedeutet?"
Charlotte steht auf, nimmt ihren Stuhl und stellt ihn neben
mich. Dann sitzen wir eng umschlungen.
„Ich war noch nie so glücklich", flüstert Charlotte „aber,
unsere Geschichte ist bald zu Ende."
Anna wird mich also wieder in ein Regal zurückstellen
und mit Peter nach Australien gehen, so wie es von
Anfang an geplant war und Dr. Charlotte Wallace wird
ebenso in diesem Bücherbord verschwinden wie Dr.
Stuart Framingham. Das ist unser Schicksal.
Ich wehre mich, doch was hat eine erdachte Figur der
Realität schon entgegenzusetzen?

Prudence und das Spiel des Lebens

Mai 1991

Charlotte zum letzten Mal. Auf einem Bahnsteig. Es ist idiotisch, ich weiß, aber ich will auf meine Art Abschied nehmen.

Vor vielen Monaten war die letzte Aufführung und danach sind sie alle verschwunden, so als hätte es sie nie gegeben: Dr. Charlotte Wallace, Prudence, Bruce und auch Dr. Stuart Framingham. So lebendig, so real, so existent für 250 Aufführungen und dann einfach nicht mehr da. Das war erschreckend! Ich bin in der Zwischenzeit „der Pädagoge" in Sartres „Die Fliegen" geworden.

Charlottes blaue Augen von einer Sonnenbrille verdeckt, zwischen uns zwei Gleise. Ich auf der einen Seite des Bahnsteigs und Charlotte, – die jetzt Anna ist - auf der anderen.

Ich winke nicht.

Natürlich will ich, dass sie mich sieht und ich wünsche ihr im Stillen Glück für ihr neues Leben und ihre Annarolle. So stehe ich auf dem Bahnsteig drei, auf dem ein blaues Schild die Aufschrift "Basel Badischer Bahnhof" trägt und schaue hinüber zum Bahnsteig fünf, auf dem Charlotte klein, drahtig, in Turnschuhen, kurzen Hosen und einem grünen Trägershirt steht und den zierlichen Kopf mit der großen Sonnenbrille sehr gerade hält.

Es ist warm und Durchsagen hallen wie immer unverständlich zwischen dem Rattern einfahrender und abfahrender Züge.

Prudence und das Spiel des Lebens

Ich bin auch hier, weil ich nicht achtlos sein möchte. Ich will, dass mein Schicksal spürt, dass ich das Glück, so einer Frau begegnet zu sein, zu schätzen weiß.
Du hast im Leben nicht viele solcher Begegnungen, wie ich sie mit ihr gehabt habe. Du triffst viele Frauen und schläfst mit ihnen, aber es finden keine Begegnungen statt. Charlotte bin ich begegnet und ich habe es die ganze Zeit gewusst.
Außer den Frauen, denen du begegnest, gibt es vielleicht noch ein, zwei Frauen, die du liebst (Prudence) und wenn du unglaubliches Glück hast eine, die dich wieder liebt. (Prudence?)
Und dann gibt es noch die Mutter deiner Kinder, die in deinem Leben immer eine Sonderstellung einnimmt. (Die Tänzerin). Die Pforte zum Himmel, die diese kleinen Engel auf die Erde gebracht hat, die du deine Kinder nennst. Das Paradies ist es, wenn es diese Frau ist, die man liebt und vielleicht sogar noch von ihr wiedergeliebt wird. Jedenfalls stelle ich mir das so vor! So ist das im Leben, denke ich und sehe wieder zu Charlotte hinüber. Menschen hasten als Kulisse unseres Abschieds von einem Bahnsteig zum anderen und Charlotte sieht mich an. Sie nimmt die Brille nicht ab, aber ich sehe es daran, wie sie ihren Kopf plötzlich stillhält, als sie in meine Richtung blickt. Von links fährt ein Zug auf Bahnsteig vier ein und als er abfährt, ist Charlotte verschwunden, so, als habe sie nie existiert!

Der Barmann

„Es tut mir leid, mein Herr", sagt die Bedienung, "aber, ich schlafe nur mit Männern, die ich liebe!"
(Es ist nicht Karin!)
Der Barmann zapft sein Bier und schweigt. Er streicht den übrigen Schaum mit einer Spachtel ab und stellt das gefüllte Glas zu den anderen.
„Frauen reden ständig von Liebe", denkt er, „aber, meistens meinen sie Leid damit!"
Ein Blick in das Gesicht des jungen Mannes, der jetzt, nach dem ersten Bier am Morgen klar, stark und erfrischt aussieht, zeigt ihm, dass er den Totschläger nicht braucht.
Würde dieser Mann jetzt aufstehen und seinen Geschäften nachgehen, – er könnte einen guten Tag haben. Stattdessen wird er ein zweites Bier bestellen, bevor er ins Büro geht und schon dieses zweite Bier wird seine Persönlichkeit verwässern, sie zerfließen lassen, wie Eis in der Sonne zerfließt. Aber jetzt sieht der Mann noch frisch aus, optimistisch, trotz der Abfuhr, die er gerade bekommen hat.
„Ein Bier", sagt der Mann und hebt den Kopf.
„Kommt sofort!"
Der alte Barmann zapft das Bier. „Frauen können Liebe und Leid nicht voneinander unterscheiden", führt er seine Gedankengänge weiter. „Das hat mir zehn Jahre Knast eingebracht. Zehn Jahre Gefängnis, die mein Leben komplett verändert haben. Würde ich es wieder tun? Auf jeden Fall! Du kannst als Mann nicht einfach zusehen, wie deine große Liebe jahrelang geschlagen und

Prudence und das Spiel des Lebens

misshandelt wird." Fred hatte gut reden. „Zeig ihn an",
hatte er gesagt, aber Prudence hätte nie gegen Bruce
ausgesagt. Teils aus Angst, teils aus schlechtem
Gewissen und teils aus Mitleid nicht, was am schwersten
zu verstehen war. Als der alte Barmann nach der
Gefägnisstrafe wieder ins Freie trat, tat er das durch den
Hinterausgang, um all den Reportern und Fernsehleuten
zu entkommen, die auf ihn warteten. Er hatte sich den
Kopf rasiert und sich einen mächtigen Schnauzbart
wachsen lassen und er hatte sich von seinem
beträchtlichen Vermögen eine Cafébar gekauft. Prudence
würde er nicht mehr wiedersehen, denn sie trauerte noch
immer um ihren Bruce. Der Barmann schüttelte den Kopf.
Wie gesagt, Frauen können und konnten oft Liebe und
Leid nicht voneinander unterscheiden! Er sah zu der
Bedienung hinüber.
Auch für sie ist es Liebe, wenn sie mit einem Kerl
zusammenwohnt, der sie schlägt, ihr das Geld abnimmt
und sie benutzt, wann immer er Lust dazu hat. Sie kennt
es nicht anders, denn der Kerl davor tat das Gleiche und
der Kerl vor dem Kerl tat das auch."
Der alte Barmann denkt, dass sie wieder ihren Vater
sucht, der hinterhältig und gemein und ein Psychopath
war. Er denkt, dass sie ihren Vater sucht, damit sie sich
nicht so allein vorkommt in dieser großen, weiten Welt.
„Alle Töchter lieben ihre Väter", denkt er, „aber, sie sollten
sich, wenn sie groß sind, etwas anderes suchen!"
„Bedienung!" Der Mann am Tisch drei hebt die Hand. Er
und seine Begleiterin sitzen dort und trinken Kaffee und
Wasser.

181

Prudence und das Spiel des Lebens

„Künstler", denkt der Barmann etwas wehmütig, denn er
kennt sie. „Schauspieler!"
Das Theater, in dem sie spielen, ist nur ein paar Blocks
entfernt und der Barmann nimmt sich wieder einmal vor,
dorthin zu gehen.
Mary, die Bedienung, die jetzt zu Tisch drei eilt, war
schon dort. Es hat ihr gefallen und sie hat ihm lange von
dem Stück erzählt, als sie gerade mal etwas Zeit hatten.
Deshalb weiß der Barmann, dass der Typ dort drüben
den Psychiater spielt und sie seine Kollegin ist. Wie lange
war das alles her? Der Barmann erinnert sich und eine
Zeit lang ist er wieder jung.
Sie scheinen Probleme zu haben, „aber, wer hat die
nicht?", denkt der Barmann. Sie stellt Fragen, die er nicht
beantworten kann und deshalb zusehends entmutigter
wird. Schließlich steht sie auf, stellt ihren Stuhl neben ihn
und nimmt ihn in den Arm. Als Mary dort ankommt, sitzen
sie eng umschlungen.
„Vielleicht liebt sie ihn", denkt der Barmann. „Vielleicht
kennt sie ja den Unterschied und vielleicht liebt er sie und
das alles hat nichts mit Leid zu tun!"
Mary kommt auf ihn zu. „Noch zwei Kaffee für Tisch drei",
sagt sie. „Die Schauspieler", ergänzt sie verschwörerisch
und deutet mit dem Kopf unauffällig hinter sich.
„Ich weiß", sagt der Barmann.
„Du solltest unbedingt hingehen", sagt Mary, die
Bedienung.
„Ich weiß", sagt der Barmann, „du hast es mir schon
gesagt."

Prudence und das Spiel des Lebens

„Und?", fragt Mary und schaut ihn mit ihren braunen Rehaugen an.

„Und?", fragt der Barmann zurück, während der Kaffee zischend in die weiße, darunter gehaltene Tasse läuft.

„Wirst du hingehen?"

„Ich weiß nicht", sagt der Barmann. „Es ist immer etwas trostlos, allein ins Theater zu gehen."

Mary, die ein sehr hübsches, ovales Gesicht hat und eine sehr glatte, etwas kühle, weiße Haut, streicht ihre braunen, langen Locken aus dem Gesicht. Irgendwie erinnert sie der Barmann an irgendwen, aber sie kommt einfach nicht darauf. „Ich komme mit", erklärt sie ihm. „Du brauchst mir nur zu sagen wann!"

„Dann gehen wir morgen", sagt der Barmann. „Morgen haben wir frei."

„Dann morgen", sagt die Bedienung und nimmt das Tablett mit den beiden Kaffees und dem Wasser.

„Ja Morgen", sagt der Barmann.

Prudence und das Spiel des Lebens

Es ist Nacht

„Die kleine Gasse sieht ein wenig wie Venedig aus",
denkt der Barmann. „Alte Patrizierhäuser in einer
schmalen Gasse aneinandergebaut, eine Laufbrücke,
überdacht über die gesamte Breite. Glasmalereien. Aber
es fehlt die südländische Leichtigkeit und Eleganz. Oh ja,
die Häuser sind vornehm. Weiß verputzt mit massiven
roten Sandsteinen an den Ecken, aber doch eher wuchtig
und solide. „Dafür stinkt es hier nicht", denkt der
Barmann „und es ist eine andere Kälte. Trockener, nicht
windgeblasen vom großen weiten Meer wie auf der
Lagune."
Es ist später Abend. Die Auslagen der Geschäfte
leuchten hell. Schuhe, Kleidung, – alles elegant und in
der oberen Preisklasse. Menschen laufen vorbei,
vermummt unter Hüten und Schals. Dumpf klopfen ihre
Schritte den Stein.
Wieso der Barmann gerade jetzt, mitten im Winter an
Venedig denkt?
Da vorne jedenfalls kommt sie. Mary!
Sie trägt einen langen, schwarzen Mantel und ihr
braunes, weiches Lockenhaar ist zu einer kunstvollen
Frisur gesteckt.
Ihre langen, schönen Beine stecken trotz der Kälte in
eleganten Pumps, was ihm schmeichelt. Sie hat sich
Mühe gegeben, das sieht er und als er ihr in der kleinen
Garderobe aus dem Mantel hilft, trägt sie ein halblanges,
schwarzes, vorne hoch geschlossenes, enges Kleid.
Keinen Schmuck, nicht einmal eine Uhr. Sie hat sich
Mühe gegeben.

Prudence und das Spiel des Lebens

„Das steht dir gut", sagt der Barmann und ihre braunen
Augen strahlen. „Danke".
Die kleine Garderobe ist angefüllt mit Menschen, als er
die Mäntel abgibt. Die beiden Metallmarken steckt er in
die Tasche.
Es ist ein kleines Theater und eine breite Treppe führt in
den Saal. Mary nimmt wie selbstverständlich seinen Arm.
Sie hüllt ihn ein in einen zarten Frühlingsduft, der ihn
erinnert, so wie ihn die Gasse an Venedig oder das
Theater an 1989 erinnert.
„Seltsam", denkt der Barmann. „Manchmal scheinen wir
nur aus Erinnerungen zu bestehen. Alles erinnert."
Mary neben ihm fühlt sich gut an, so jung und weiblich
und auch sie selbst erinnert ihn, während sie Treppen
steigend und im Rhythmus auf- und ab nickender Köpfe,
in den hohen, mit gewaltigen Steinen gemauerten Saal
kommen.
„Eher ein Gewölbe", denkt der Barmann und die Sitze
schienen aus einem alten Kino zu kommen. Die Reihen
schräg nach unten ausgerichtet, bis zur Spielfläche hin,
die sich ebenerdig nur durch Metallfliesen vom steinigen
Boden getrennt abhebt. Es gibt vielleicht 250 Plätze, aber
der Zuschauerraum ist viel voller. Es sind wahrscheinlich
doppelt so viele Menschen hier und das, obwohl das
Stück schon seit Monaten läuft. Christopher Durant:
„Trotz aller Therapie".
Der Barmann denkt darüber nach, einen Roman zu
schreiben, während sie über Füße und Taschen steigen,
um an ihre Plätze zu kommen. Er ist froh, dass die

Prudence und das Spiel des Lebens

Gewölbedecke so hoch ist und es gibt auch eine
Belüftung, die gut zu funktionieren scheint.
Sie setzen sich und Mary rückt nahe an ihn heran,
sodass sich ihre Schultern berühren.
„Ich hoffe, es gefällt dir", sagt sie und sieht ihn an.
„Es gefällt mir schon jetzt", sagt er und Mary lächelt.
Das Licht wird dunkler und sie kommen herein. Jeder der
Schauspieler trägt einen Einrichtungsgegenstand und
stellt ihn auf der Bühne ab. Nur einer von ihnen bleibt.
Die restlichen Schemen verschwinden im Dunkel.
Sanftes Licht, das stärker wird wie ein Sonnenaufgang
hinter den Bergen.
Dr. Stuart Framingham! Vor einem Spiegel, der seine
Brustbehaarung kämmt, während er sich selbstverliebt
von allen Seiten betrachtet. Dann geht er zu seiner
Sprechanlage und drückt den Knopf.
Dr. Stuart Framingham: „Du kannst den nächsten
Patienten rein schicken Betty."
Mary hat ihren luftig - braunen, Lockenkopf auf seine
Schulter gelegt und der Barmann weiß, dass er heute
Nacht nicht allein nach Hause gehen wird.

Ende

Prudence und das Spiel des Lebens

Stanislav Koschmelsky ist ein

Prudence und das Spiel des Lebens

Pseudonym